与皮沃父女

左岸读书

[法]贝尔纳·皮沃
[法]塞西尔·皮沃　著

肖林　译

海天出版社
·深圳·

光明总是来自书中（马拉·德马奇 摄）

目录

在桑贝的《一只猫》前（阿涅丝·皮沃 摄）

前　言

人们常常要我写一本关于阅读的书，让我在书中介绍我的阅读方法、技巧和趣味，给出一些建议。他们说我的示范将鼓励人们读更多的书。

我回答说，我只能说服一些不用说服的人，因为他们可能正在阅读我打算写的这本书。我还说，关于这个问题，该说的达尼埃尔·佩纳克①已经都说了，没有人比他在《宛如一部小说》中说得更好了。

最后，还有一个重要原因：我是一个职业阅读者，阅读是我的本职工作。我跟书的关系跟大部分读者都很不相同，阅读在我们生活中的地位也很不一样。他们在我与书籍的关系中找不到自己的影子，用途不一样，读法也不一样，因为我要通过对作者的采访或评

①达尼埃尔·佩纳克（1944—　　），法国作家，原籍摩洛哥，至今已出版二十余部作品，大多是为青少年写的小说和随笔，他的《卖散文的女孩》和《宛如一部小说》曾高居法国袖珍本畅销书的榜首，一度被法国《读书》杂志称为"佩纳克现象"。《宛如一部小说》中文版由上海文艺出版社于2014年出版。

论文章来延伸阅读。

总之，与一个马拉松运动员似的专业读者相比，一个业余读者的经验对公众更有用。

有一个很好的例子：有些女性，不管生活环境如何，她们只知道读书，读啊读啊，不断地阅读，仅仅是为了从中得到快乐。她们当中的一个人，太幸运了！她离我很近，那就是我的二女儿，塞西尔。而且，她的兴趣主要是在小说方面，所以对女读者来说显得很有代表性。总之，像许多妇女一样，她必须在工作（她是个记者）和家庭（她有三个孩子，其中一个男孩患有自闭症。她在《如同以往》中讲述了这一痛苦的经验）之间分配时间。

塞西尔接受了我的建议，同意写一写她的阅读方式，讲讲她爱书的理由以及与书的亲密关系。我也以同样的方式来写。读者们可以做比较。我敢打赌，他们将发现，我不但比不过她，而且他们从我女儿那儿得到或学到的东西，要比从我这儿得到或学到的东西多。

贝尔纳·皮沃

第一章

阅读的好处

柏林，在犹太新年期间阅读（罗歇·卡帕摄）

※

　　众所周知，读书的人比不读书的人聪明。这并不意味着阅读文学作品的人当中就没有傻瓜，而不读的人当中就没有精英。但总而言之，听得出，看得出，感觉得到，读书的人更加开放、更有魅力，在生活中比那些不喜欢书的人更强大。

　　不管怎么说，这是符合逻辑的。读者在接触推理、遭遇思想观点和碰到幻想和疑难的过程中，智力能得到发展。他将成为小说中主人公的知心朋友，好奇地而且往往是充满热情地与之一同历险，把法国或其他地方的故事片段、名人生平、发现之旅、辉煌战绩、社会新闻、悲惨或不幸的人生、权贵或奴隶的命运和消逝的文明存在自己的记忆当中。一句话，他把组成人类文明的文化碎片都收藏了起来，而书，尽管今天遇到了一些竞争对手，但仍然是这种文化的主要提供者。

　　太多的政客、高官、企业家、经理人和各行各业的领袖，只读对他们的工作有用的书。文学？纯粹是浪费时间。小说？妇女读还差不多。这些人真可怜！（并不能肯定同一领导层的女性读书比男性多、比男性好。）他们封闭在一个特权世界中，谙熟其中的规则，却不了解不同阶层人们行为方式的变化，可又直接或间接地对这些人负有责任。小说能告诉他们不少东西，关于精神的灰色地带，关

最近翻修的法国国家图书馆壮观的拉布鲁斯特阅读大厅（尼古拉·梅西娅茨 摄）

于背叛与忠诚的原因，关于小小的自豪和不想承认的痛苦，关于灵与肉的各种大交易，总之，通过比较，通过冲突来了解自身。

读小说，就是了解他人的故事。

巴拉克·奥巴马说："由于文学，我才得以想象别人生活中发生的事情。"

米兰·昆德拉说："人的愚蠢在于他们有问必答；小说的智慧则在于对一切提出问题。"

读诗，就是脱掉帽子、揭开盖子、掀起地毯、拨开云层。

读书，不是逃避世界，而是通过别的大门进入世界。

读书，就是把伏尔泰当老师，把普鲁斯特当城市大叔，把维亚拉特当乡村大叔，把杜拉斯当姑姑，把斯丹达尔、加缪、大仲马、桑贝当朋友，把拉封丹、万瑟诺当猎场看守人，把路易丝·拉贝当情人，把科莱特当厨娘，与蒙田、让·吉奥诺、于连·格拉克为邻。

读书，就是扩大家庭，招兵买马，广交朋友，增进人际关系，给自己做一个不可思议的地址本。

读书，就是让阳光照入布满陷阱的人生迷宫。

如果说，人们在读书的过程中能更好地了解这个世界，阅读也会让世界变得更加复杂，充满更多的谜团。有的书让人读了不安和难受，看完之后心慌意乱甚至惊慌失措。这也许是最好的书，因为它触到了我们的心灵深处，改变了我们的观察和感觉方式，促使我

年轻的巴拉克·奥巴马在洛杉矶西方学院（汤姆·格劳曼 摄）

们去经受思想考验，鼓励我们下定决心，体验人生。那种书，能改变我们的人生。

读书，就是不畏风险，质疑自己。

还有，阅读是不需要记密码、按键盘、查电脑的行为之一，人类的这种活动（包括交谈和恋爱）已经所剩不多。它不需要任何技术，只需与文字接触（当然，前提条件是继续喜欢纸质书而不是电子阅读器）。

书，一旦在手，才能的天平便有了不同的重量。

读书，就是让十个指尖都充满灵气。

※

　　有一种护照人人都应该拥有，那就是文学护照。它能消灭边界，让人周游世界、穿越时空，与他人相遇。有了它，我们便是自由的，我们便就是书；有了它，我们就能毕生都了解自己。我们永远摆脱不了这个小我。

　　为什么我这个不苟言笑的人读了雅丝米娜·雷扎的《巴比伦》之后大笑不已？为什么我在读菲利普·罗斯的《愤怒》时痛哭流涕？为什么马居斯·梅斯内这个19岁的年轻人让我如此不安，虽然我的书房里并不缺少命运悲惨的主人公，但为什么是他而不是别人？

　　行将消失的人，或是失去孩子的父母，为什么他们的故事如此吸引我？为什么25年前我不喜欢《广岛之恋》①，而今天却恰恰相反？

　　我是把书放在路上的"小拇指"②，为的是找到回家的路。

　　读书，首先是自己与自己的对话，向自己提出这些或那些问题，然后努力回答。这样能帮助我们更好地认识自己，迫使我们严格要求自己。

　　在文字的后面，是生活，复杂、丰富、美好、残酷、立体、独一无二。阅读会让你对别人产生兴趣，激起你的好奇心，让你与

---

① 法国女作家玛格丽特·杜拉斯的小说，讲述了一位法国女演员与日本建筑师之间的爱情故事。
② 法国作家贝洛同名童话中的主人公。

人生、与他人建立起亲密的关系。每天，从生命的第一天到最后一天——我们希望如此，书都教给我们如何辩论、自卫、证明自己的同情心，教我们如何战斗、逃避、体验现实生活中所没有的激情。文字就是钥匙，它能打开生活之门。一旦用了第一把钥匙，问题就接踵而来。我们打开门，走了进去，在楼梯上犹豫，返回……它具有无限的可能性。阅读是我们最忠诚的盟友，它会使我们变得更加强大。

阅读是一种拯救，它使我们充满活力。洛朗·雅加并不是跟我们唱反调。他生于1966年，却一共被囚禁了25年。1995年，他被关在无人区，在那里待了5年。2015年11月，他在巴黎的夏德莱剧院开TEDx①讲座时承认，他成了"一个危险人物"。他在单人牢房里极为孤独，他与生命及他人的唯一联系，就是书。他在书中找到了"一种旅行办法"。他发现了托尔斯泰、塞利纳、加缪、《追忆似水年华》……"词语的力量，"他补充说，"可以把我带到某个地方。"对阅读的爱好培养了他研究和写作的爱好。他认识了哲学教授弗朗索瓦·舒凯。当教授对他说"词语比武器更有威力"时，这个坐牢的持械抢劫者开心不已。于是，他写了他的第一本书，在《新观察家》网站开了第一个囚徒博客。"我用笔漂亮地成功越狱了。"他总结道。

可是，书并没能拯救我患自闭症的儿子。多年来，我把精力

---

① 从美国引进的系列讲座，每人在18分钟之内讲述一个（科学、社会学或哲学）问题。——原注

中国国家图书馆拥有3500万册藏书（塔蒂娅娜·马塞多 摄，2017年）

都放在他身上，想让他学会阅读。我相信生活会为他打开新的天地。"阅读会把你带到一个想象的世界，那里有许多暗格，你躲在那里，远离我们，远离我们难以理解的规则。你不用离开堡垒就能越过边界。"我曾在《如同以往》中写道。我完全弄错了。

但它救了加布利埃尔——加埃尔·法伊的处女小说《小小国》的主人公。在布隆迪，战争即将爆发，他的伙伴们都满怀仇恨，渴望复仇，但这个小男孩却发现他可以躲到女邻居埃科诺莫布尔家漂亮的书房里尽情地阅读。埃科诺莫布尔是这样对他说的："当然，书可以改变你！甚至改变你的人生。就像一见钟情的爱情。谁也不知道这种艳遇何时发生。所以，必须当心书，那是一些沉睡的精灵。"

阅读让人强大，能让你找到词汇去战斗。还有什么比内加尔·贾瓦迪的《晕头转向》更好的例子呢？

"你想怎么样？像拉斯科尔尼科夫一样完蛋？"她大声地说。

听到母亲说出这个名字，达里尤斯惊讶地垂下了手臂。现实突然又变得强大起来，他看着母亲。母亲不再软弱无力，而是一个读过陀思妥耶夫斯基的人，耐心地研究过每一个句子，不知不觉中变得有学问了。毫无疑问，那个女人有了足够的本钱独立于她丈夫了。她再也不需要儿子来保护她了。

阅读是生活必需品，在人生的旅途中，必须把它装到行李箱中。需要阅读，阅读才会使你快乐。

第二章

阅读的快乐

巴黎塞纳河边的阅读者

※

　　阅读，就是出发，迷失，相遇，停下来思考或梦想，快乐地重新出发，倾听自己的心跳，解渴，偷樱桃或苹果，恐惧，渴望，惊喜，抱怨，反思，回忆……不知疲倦的旅人，就这样一直走到书的尽头。

　　医生和喜欢远足的朋友老是批评我走得不够多，但我没有停止过走路啊！我一辈子都在走！我行走在设有路标的道路上，行走在文学陡峭的小路上，陪伴着成千上万的男男女女在小说中旅行，追随着大作家、国家元首、军事统帅、具有传奇色彩的艺术家、公认的罪犯、神话中的神或半神的脚步……前往人类科学的领地，探索神奇的思想，漫步在诗歌的国度，毅然参加公共辩论，直到胜利。阅读者都是不知疲倦的行者。

　　在生命的暮年，大部分人发现，他们朋友不多，且泛泛之交往往多于知音。家人、邻居、同事……有过欢欣鼓舞的时候，也有过痛苦不堪的日子。在平凡的生活中，在毫无悬念的生活中，很少有强烈的情感。生活越是令人意想不到，情感便越强烈。阅读，尤其是读小说，会让忧郁的生活充满阳光。混迹市井街头，出入上流社会，或惊慌，或激动，或开心，或生气，或笑，或哭，或惊讶，或赞同，人们以为……啊，不，并非如此，希望……之后，由于影响过于强大，人们甚至会接吻，或杀人，或荣归故里，或身首异

处。"虚构作品的这种令人难以置信的本领，会让每个人的生活都变得丰富多彩。"（多米尼克·诺盖兹语）

可这不是通过他人间接生活吗？是的，没错。不时地通过间接的方式体验真实或想象中人物的传奇历险，好过坐在椅子上反刍单调忧郁的日常生活，或天天坐着看电视。

阅读不是离开自己，而是深入别人的生活。

读完书后不知道自己是高兴还是慌乱，这不要紧。重要的是体验。

你甚至会感到失望、生气或愤怒。可是，能对一个徒有虚名的作者或一本货不对板的书严肃地表达自己的观点，这不也是一种快乐吗？可以全家一起讨论，也可以跟朋友们一起评论。进行文学对话，就人物的行为和意外的结局、就作家及其写作热烈地交换看法，可以形成一个愉快的圈子。这个圈子，没有读过书的人是进不去的，他们插不上话，感到不自在，只能徒劳地生闷气。

我在公共场合经常观察到这样一种现象，有的人以近乎虐待他人的方式想延长文学讨论，可这种讨论排斥外人，或让别人感到自卑。

一书在手，比一枚首饰、一个手袋、一部手机或一份报纸更能引起人们的好奇。什么书如此吸引这个陌生女人？她翻着书，心无旁骛，目不斜视。我很想知道，我要知道。我弯下腰或直起身，想看清封面上的书名或作者名。如果看不到，我会生气。在这种情况下，我往往会上前去问。对方的反应非常迅速，她给我看了封面。不管是海明威的书、杜拉斯的书、乌勒贝克的书还是帕尼奥尔的书，也不管是一部经济论著还是一本侦探小说，被人发现自己在阅读，谁都会感到自豪。

达尼埃尔·佩纳克在读赫尔曼·梅尔维尔的《抄写员巴特尔比》（罗贝托·塞拉 摄）

《马蒂娜的腿》（亨利·卡蒂埃-布雷松 摄）

《读书的女孩》（雷诺阿 作，1890年前后）

※

如果实体书消失了，要在电子阅读器上看书，阅读还能给我带来那么多快乐吗？不能，绝对不能。我喜欢买书，看书，摸书，感觉书，翻着书页，把它放在我的书架上，重新取下来，翻阅它……对我来说，阅读的快乐是所有快乐的一个组成部分，阅读甚至是谈话的中心、吵架的缘由。没有它，周围的一切都没有存在的意义。

从我懂得在纸上认识第一个字、读懂第一个句子开始，我就喜欢读书了。我从一个小女孩变成一个大姑娘，从一个年轻女子变成一个中年妇女，我长大了，变化了，成熟了，有时都想不起自己以前是什么样子，但有件东西我一眼就能认出来：我忠诚地拿在手里的书。

我在书中遇到的人物太多了，无法全都向您介绍，但我可以向您列举阿丽丝·费尔内《爱情谈话》中温柔的保利娜，约翰·欧文①《会喝水的人》中让人发笑的弗雷德·博古斯·特朗普，大卫·冯金诺斯《微妙》中滑稽而顽固的马库斯，埃里克·奥森纳《殖民展览》中很快就被安排好要去经营书店的加布里埃尔，马丁·苏特笔下的侦探弗雷德里希·冯阿尔曼。

---

① 约翰·欧文（1942—　），美国最知名的小说家之一，被誉为"美国最重要的幽默作家"，主要作品有《加普的世界观》《新罕布什尔旅馆》《苹果酒屋法则》等。

阅读的最大快乐不就在这儿吗？深入别人的生活，紧追不舍，直至他们决定要离开我们。我每次都觉得自己就像一颗小星星，闪耀在他们头顶，却丝毫不能改变他们的命运。

通过别人间接地生活，我很享受。他们的种种人生都与我交集，甚至会影响我的人生，那是我最大的财富。

然而，阅读某些书却让人难以忍受。人成了恶魔，我呻吟着大喊："停下，不能这样！"我心想，作者太夸张了。我停下来休息，然后接着阅读，因为我清楚地知道，他写的东西都客观存在，一直存在，我无法逃避，也不能蒙住自己的脸。读到最后一行，远离所有那些可怕的东西（因为我觉得自己有这种特权），这似乎是再简单不过的事，是向人类历史中处处可见的受害者表示敬意。人心的险恶，我们在故事和小说中都能见到，它在乔治·桑普兰的《写作或生活》、普里莫·莱维的《如果这是一个人》、特鲁曼·卡波特的《冷血》、埃玛纽艾尔·卡雷尔的《对面的撒旦》、乔纳森·利特尔的《复仇女神》或雷吉·若弗雷的《克洛斯特里娅》中把我吓倒在地，惊恐万状。

我们会以为读这些书的时候根本得不到乐趣，然而，乐趣就在那儿，藏在那些写得极精彩的片段中。它们用精准的文字、让人期待和突如其来的句子，使我们跌入恐惧的深渊。无论如何，欣赏某个作家的写作风格，欣赏他讲述故事、描写事实、塑造氛围的方式，都是一种快乐。

阅读也会带来很多好处，在日常生活中，那是快乐的源泉。我是在一个阅读第一的家庭里长大的，只要是阅读，就不会有人来打搅我，因为大家都迁就阅读者。我在学校里成绩不好，平时不爱说话，做事有点儿散漫，但往往都能得到原谅……只要我喜欢阅读，我就可以这样继续下去。

记者兼作家卡梅尔·达乌在接受《观点》周刊的采访时承认，阅读也给了他某种特权："这是一种幸福而难堪的回忆，因为我读得很开心，但也觉得是对外公外婆的一种背叛，他们还以为我是在复习功课，所以每当我拿起一本书，他们都让我安安静静的。我躲避在别的事情中，他们却相信我是在做作业。"

"躲避"（s'évader）这个词，在所有文学爱好者身上都能找到。它来自拉丁语（evadere），意思是"从什么地方出来"。摆脱自身，摆脱我们的日常生活，前往更辽阔的天空，选择无限的未来。

"我说的是康德，埃曼努尔·康德！他写的字我一行都没有读过！"（桑贝）

第三章

童年时期的阅读

《爱丽丝梦游仙境》（乔治·邓禄普·莱斯利 作，1879年前后）

※

　　我没有童年该有的正常阅读，这让我一直深感遗憾。那是因为战争。我父亲坐牢了，母亲带着她的两个孩子躲到博若莱一个农庄的几个小房间里。她只从里昂带了一些生活必需品，而书籍属于多余的东西。那年我6岁。

　　我是在甘西埃的乡村小学里学会读书写字的。我们的课本又脏又破，用胶水粘补过，那是我们从大孩子那儿继承来的，而我们原先的课本则被当成旧书留给了比我们年纪小的学生。除了课本，我只有两本书，一本旧版的《小拉鲁斯词典》和一本《拉封丹寓言选》。

　　词典是最容易读的东西。我常用词汇来玩修房子游戏和跳马游戏。有时，我会连续一两页逐字阅读每个词语，复杂的、难懂的和不喜欢的词就跳过去；有时，我从某个词开始，它把我带向另一个词，那个词又把我带向第三个词，依此类推，直到我疲倦或走进了死胡同。我会在廉价的本子或纸头上记下某个词，仅因为觉得它们有用、奇怪或好笑。词汇对我来说就像是玩具，跟弹子或彩色铅笔那样宝贵。与它们为伴，我觉得那是理所当然的。

　　读着拉封丹的寓言，我进入了下一个阶段：在《小拉鲁斯词典》中查找我不认识的词。我想，关于《乌鸦与狐狸》，我就"乌鸣""凤凰""恭维""耻辱""难堪"等词问过朋友；关于《橡树和芦苇》，我问过"重量""寒风""微风""腰部""中断"。我把它们都记下来……后来，我可能有点儿蔑视地放弃了这种幼稚的做法。但我错了。我现在很希望能够查看我当初在词语的丛林中探索的文字记录。

我11岁左右，战争结束。我回到里昂之后，才开始接触图文读物，那是一些旧时的《勇敢的心》《懒惰的脚》《弗里普内和马里塞特》①，但对我来说是新的。我还读了"粉红色文库"和"绿色文库"②中最浅易的小说，但我已经一点儿都想不起来是什么小说了。后来，很多年以后——因为跟后几代人比较，我算很晚了，我终于读到了夏尔·贝洛、儒勒·凡尔纳、杰克·伦敦、阿尔封斯·都德、瓦尔特·司各特、塞居尔公爵夫人③和罗伯特·路易·斯蒂文森等人的作品。

有一天，我突然发现，无论如何，读小说之前先读词典是一件幸事。因为词语的味道已经深深地留在我的大脑中和舌头上，永远不会再离开我。我一直喜欢探寻词典这个阿里巴巴的洞穴。读书的乐趣又加上了发现陌生、奇特、用法怪异的词汇的快乐，民风民俗创造出来的成语永远吸引着我。

作为一个读者，我就像那些旅人，既希望途中能看到惊人的美景，也希望能如愿地到达希望之乡。

① 均为法国早期的图文儿童杂志。
② 粉红色文库是儿童读物丛书，绿色文库是青少年读物丛书。
③ 即索菲·罗斯托金娜（1799—1874），俄裔法国作家，儿童文学作者，著作有《模范女孩》《索菲的不幸》《杜拉金将军》。

《小懒鬼》（让－巴蒂斯特·格勒兹 作，1755年）

所有家长都梦想的一个场景（费迪南多·西亚纳 摄）

《小幽灵将在今晚来临》（1972），乔治·肖莱系列丛书中的第20卷，全系列共52卷

※

　　我最初的惊喜跟书没有关系，而是跟我在巴黎17区一所公立学校识字有关。当时，我还在幼儿园，女教师布里昂太太要教我们看书了。我的课本纸张光滑柔和。这本书叫什么，讲什么，我毫无概念，记得当我能轻而易举地辨认字母时，我感到非常高兴。不管是圆还是长，是脆弱还是强壮，是饶舌还是谨慎，我都觉得它们非同一般，而且，变化万千，想组成什么词就能组成什么词。

　　我的嘴里发出贪婪的、圆润的、干燥的和涩口的声音。我的食指——这个勇敢的小向导帮助我保持航向——轻轻地掠过落在纸上的每个词语。一个有主语、谓语和宾语的句子若无其事地藏在那里。它有意义，有生命，那是一个故事的开始。白纸上的这些黑字其实并非静止不动。我那时很快就要6岁，觉得这太神奇了。

　　当然，我会栽倒在某个难词跟前。但大多数情况下，我都能顺利下坡，绕过陷阱，我几乎是飞着去拥抱这个世界，阅读的世界，我猜想它一定非常广阔。我的声音服从标点符号的要求，我学会了使用声调、沉默、惊叹、询问、停顿、叹息和半叹息，不嫌弃话多的字母，也尊重不声不响的字母。我发现了法语中的例外和偏差。但这还是个开头。

　　在翻开我那个年龄不可能不读的书之前，比如《父亲的荣耀》

《一袋弹子》等，我迷上了"玫瑰色文库"中的《是的是的》、"小幽灵"和"绿色文库"中的"爱丽丝"侦探小说。我希望他们的历险永远不要停。我想拥有这些书，让自己永远记住书中的故事，于是便到吉贝尔青年书店购买了一些二手书。那是我小时候所读的小说，但我一本都没记住，我的记性太差了，如果不是在几十年之后重新阅读，我很难讲出当年让我如此着迷的是哪些小说。我女儿如果发现她母亲沉浸在《是的是的》《神奇的橡皮》《爱丽丝和假币》《小幽灵将在今晚来临》中，她会多么惊讶啊！

不过，在这之后，我记得很清楚，我发现"小幽灵"和爱丽丝非常漂亮，富有冒险精神，而且聪明有智慧。她们有幽默感，在最"悲惨"的情况下都能保持冷静。有个不可忽略的事实：没有一个母亲会讨厌她们。但这两个女主人公完全不一样，"小幽灵"①原名弗朗索瓦丝，褐发黑眼，是个讨人喜欢的女孩，喜欢运动，是当年的嬉皮士；而美国人爱丽丝金发碧眼，衣服总是穿得漂漂亮亮，包着头巾，高贵，优雅。爱丽丝是上流社会的人，就像格蕾丝·凯丽②，而且，还开着敞篷车。我设身处地回到当年的我身上，那个小姑娘，梦想着长大和独立之后，能成为这个或那个。我猜想着可能会吓得我毛骨悚然的段落，急于知道她们是如何逃脱不

---

① 乔治·肖莱创作的青春小说丛书中的人物。该丛书从 1961 年到 2011 年共出版了 52 卷，收入"玫瑰色文库"，主人公是个绰号叫"小幽灵"的女生，过着双重生活，白天是人，晚上便变成幽灵。
② 格蕾丝·凯丽（1929—1982），美国影视演员，参演过《正午》《电话谋杀案》《捉贼记》等，曾获奥斯卡最佳女主角奖，1956 年与雷尼尔三世结婚，成为摩纳哥王妃。

小心掉进去的可怕陷阱。当然，我也对"小幽灵"中次要人物的名字如数家珍：在《法国快报》编辑部，大家抽烟都抽得很厉害，其中有主编托尼·特鲁昂，记者朗比纳，特派记者猞猁眼。一切都让人喜欢，就像20世纪70年代的插图，"小幽灵"和她的伙伴们包着头巾，穿着喇叭裤，坐在橙色的地毯上，垫着绣花坐垫。为了吓人一跳，"小幽灵"总是大喊："登峰造极！"这句话魅力难挡，以至于我最后决定接受这种说法。我今天又怎能忘记呢？

第四章

阅读的舒适

《探索者》（吕蓓卡·康贝尔 作，2013年）

※

专业的阅读需要手头有一支铅笔或钢笔，用来画线、记录和点评。所以，我一直认为，舒服的阅读肯定离不开书桌或普通的桌子。我坐在桌前，让日光或灯光照在翻开的书上。座椅要硬一点儿，绝不要柔软的沙发或软椅，坐在那样的座椅上，睡意很快就会袭来，身体会变得懒洋洋的。

我是个严肃朴素的阅读者，认为身体上的快乐和精神上的快乐不能同时兼有，这二者往往是相对的，甚至是敌对的。身体上要不舒服也不难受，要忘掉自己，把思想集中在作家所写的文字上。

只允许这样的动作：翻书，拿笔，在书页空白处或纸张上记录。

我写作的时候觉得抽烟很愉快，但阅读的时候毫无这种快感。因为我怕烟雾打搅到小说中的人物，让作者不高兴，他会认为我从书中获得的乐趣还不够。要我同时看书和抽雪茄，那是绝对不可能的。

如果我读的是报纸或是娱乐消遣的书籍、导游手册、实用类图书、漫画、图画集或格言集，我可以姿势放松一点儿或短时间放松一点儿。但如果阅读时间长，难度大，或是为了准备做电视节目，为了写文章，我肯定会选择不舒服但是有效，或者是因为有效而感到舒服的姿势。

所以：

◆ 不要坐在长椅、摇椅、沙发、软垫和吊床上看书。

◆ 不要在床上看书（除非是因为事故或生病卧床）。床是用来睡觉或做爱的。人们常常这样问："你的枕前书是什么？"回答这个问题很有趣，因为我没有枕前书，我不在床上看书。

◆ 在浴缸里阅读？太可怕了！要么是书太闷，手一松，书掉到了水里；要么是书太激动人心，让你钻进冷水里，得了肺炎。

◆不要在沙滩上阅读。坚硬的卵石和无孔不入的沙子令人恼火，妨碍严肃的阅读。躺在躺椅上，我宁愿看大海，看美丽的浴女、大腹便便的男人或是玩排球的年轻人。要不就午睡。泳池旁边刺眼的阳光也是一个障碍。眼镜放哪儿了？谁拿了我的钢笔？哎呀，书翻乱了……糟了，书弄湿了！

◆吃饭的时候不看书，看书的时候不喝酒。要么喝酒，要么看书；要么进餐，要么看书。必须做出选择。

我真的不是一个有趣的阅读者……但是：

◆ 我乘火车或坐飞机出差的路上总是在看书。椅子很硬，有个小桌板，可以放书和钢笔。坐火车路途漫长，可以带很多书。高铁是反阅读的罪人。

◆ 主持《文化杂谈》节目①的时候，我总是在出租车上看书，甚至在我们的私家车里也看书，女司机车开得稳，也很宽容。

---

①作者在法国电视一台主持的一档读书节目。原文 Apostrophes 为突然发出的"招呼""告诫""提醒""斥责"，也有"省略号"的意思。

◆ 我会在咖啡馆里读书或写作，因为我能轻易地排除干扰，无论是嘈杂的谈话声、咖啡机的呜呜声还是咖啡杯碰到咖啡碟的叮当声。音乐比它们更妨碍人。

如果我在阅读的过程中挠头，那是好征兆；如果挠大腿、挠脚或是屁股，那是坏征兆。如果我什么都不挠，那是因为书太精彩了，我双手紧紧地捧住它，就像捧一个瑰宝。

在长沙发上放两个垫子，这是欧仁·尤内斯库觉得最舒服的读书方式（吉塞尔·弗洛伊德 摄，1966年）

《酒店大堂》（局部，爱德华·库珀 作，1943年）

文字太美了……（费迪南多·西亚纳 摄）

※

　　一把好椅子，一张柔软的沙发，一条鹅绒褥子，几个枕头……我立即就进入了梦乡。前一天晚上，我可能睡了三个小时，也可能睡了十个小时。但不管这本书是否扣人心弦，我都难抵袭来的睡意。

　　坐在椅子上，双肘支在桌上，我才读得舒服。

　　夏天，我往往喜欢坐在花园里，总是坐在一张钢椅上。至少得有个坐垫吧？没有。

　　我也喜欢在厨房里站着看书。

　　对于读书，我喜欢正襟危坐。我是个自虐狂，还是个不同寻常的人？

　　在家里，我常常先是待在某处，然后不断地换地方。我很难集中注意力，也许太好动了，在家里总会遇到许多让人分心的事情。我不是准备听某电台的节目，看某个电视纪录片，整理某个壁橱，就是准备把洗碗机里的东西拿出来吗？勇敢点儿，逃跑吧！

　　逃到哪儿？逃到地铁里，逃到公共汽车、火车或飞机上。在那些地方，我才能安心阅读，以至于在瑞安航空公司①狭窄的座位上飞行16个小时都不觉得闷；以至于地铁到站往往忘了下车，坐火车旅行常常感叹时间太短。这种舒适观真是滑稽，但我需要这样才

────────────
① 欧洲最大的廉价航空公司。

能找到平和。车在开动，没有人跟我说话，我坐着或站着，埋头看书，不在乎车厢里味道难闻、光线暗淡、技术故障……

唯一让我感到不舒服的是：有人拿出手机打电话，旁若无人，说他跟热尔曼妮分手了，说消防员没有及时赶到，说她跟米歇尔讲和了。那时，我会合上书，盯着制造噪声的人，他已经不完全是个陌生人了。我希望这个无耻的饶舌者能从我脸上读到这样的信息："你的生活与我无关！"有的人看出我生气了，放低了声音；有的人却假装看不见我，我不得不瞪他一眼，或轻轻地做个手势：是的，是的，我在你对面，请说话小声点儿！那个缺乏教养的人多多少少接受了。但我向你保证，我同时心里也在悄悄地想，他人真的是地狱①。

我也喜欢在小饭馆看书。坐在离大家稍远的一张桌子前，沐浴着日光；或坐在柜台前的高凳上，好像那就是我的王国。我不时地抬起头，观察来来往往的人，要一杯白葡萄酒。那样，太舒服了。

我的建议：如果你喜欢在公共交通工具上看书，乘客用手机讲话太大声妨碍了你，你一定要毫不犹豫地让他知道，口气要礼貌，但态度要坚决。读者朋友们，让大家听到你们的声音！

---

① 语出法国存在主义哲学家萨特的戏剧《禁闭》。

第五章

阅读的习惯

《读书的农民》（罗贝尔·达索 摄，1945年）

※

我从来不让别人拆我收到的书，不管是跑腿的送来的还是邮差送来的。拆开包裹，尤其是打开我所期待的人以及陌生人、神秘者——他们往往会给我意外——寄来的东西，是我乐此不疲的享受。

在手上把包裹翻来转去，打开它，阅读书中的题赠，看看封底或插页，然后随便翻哪一页，扫一眼，看看作品的写作风格，或者，如果是小说，读读第一个句子或第一页。接着是三个去向：进不了我的节目的范围（尽管它的面很宽）或超出了我在JDD①上的专栏的地域，这对作者来说是地狱；我放下所有的事情来读这些书，这对作者来说是天堂；最后，有的书，只要有空，我至少会翻一翻，这对作者来说是受难。

不应该拿镊子或戴手套来看书，而必须热情地把它捧在手里，就像拿着一个好面包或一块好布料。尊重它，怀着好奇的心走进书中，专心致志，开动脑筋，细细体会，为它付出一定的时间。除了思想交流，不要有杂念。

我会在书页上加注，画线强调，在空白处标上记号，表示我感兴趣或赞赏。我的钢笔动得越多，书上的符号和字越多，越表明它在我心中唤起了各种共鸣。我用笔圈起意想不到的、奇特的、用错的或是

---

① 《星期日报》（*Le Journal du dimanche*），法国新闻周刊，创办于 1948 年，每星期天出版。

陌生的（在这种情况下，我会中断阅读去查词典）词或词组。

在书后的白页上，我会写一些评价、感想、发现，标上我将来想查阅的场景或引文的页码，以及电视播出的时间、要提的问题。

其实，我是在跟作者对话。交换意见，交锋。我的老师教给我的这一工作方式，我从来没有丢过。在做《文化杂谈》节目的时候，我进一步发展了这种方法，加以修改，使之更加有效。节目录制前几个小时，我会重温一下记录，这会在瞬间让我回想起几天前读过的内容。

还有，我不会在书上折角，而是习惯用出版社随书附赠的宣传插页来标识我读到哪里。我也用书签、地铁票、饭店的账单或购物发票。但书店很少给发票，在"走进书店"一章里我们会知道为什么。

Composition : IGS-CP à L'Isle-d'Espagnac (16)
Achevé d'imprimer par Normandie Roto Impression s.a.s.,
le 12 juin 2017
Dépôt légal : juin 2017
Numéro d'imprimeur : 1702015

ISBN : 978-2-07-017787-5/Imprimé en France

293767

"我在读雅妮克·阿内尔的《抓紧你的花冠》时做的一些记录。"——贝尔纳·皮沃

猫不再追着看书了，若阿基姆·萨托鲁斯却在继续（伊索尔德·奥尔波 摄）

※

　　真正的读书人都有自己的阅读习惯，但也许会随着岁月的流逝而变化。年轻时可能会漫不经心地在书上折角，年纪大了以后就变得讲究了；过去大方地出借图书现在概不外借了——因为别人永远不会再还给他！以前一读完书就随手一扔，现在会小心地把书放在书架上。

　　关于读书的习惯，有一点非常有趣：无所谓对错，谁都可以按照自己的愿望来对待图书。它不过是在读者和书之间建立起一种独一无二的联系。

　　我最好的朋友也是一个书迷，习惯在厚厚的笔记本上记下书名、作者名、日期、他关于那本刚读过的书的看法、他是否还想读同一个作家的其他书。

　　而我呢，书一读完，我就会在第一页上写上我的名字和日期。25年来，一直如此。如果我记性好，我也许就不会这样做。不过，这种习惯当中有自虐的成分，甚至因自己的记忆力衰退而有所失望。当我发现这本书2年前才读过，现在却一点儿印象都没有的时候……我不得不重新浏览，让我的记忆能从遗忘中恢复。但我也知道，阅读并不仅仅是记忆问题，它涉及的问题要多得多，铭刻在我们思想的最深处。"几小时几小时地阅读，让灵魂受到一点影响，让这种看不见的东西在你身上，在你的声音和目光中，在你的言行举止和行为方式上发生一点儿小小的改变。"克里斯蒂昂·博班在《节日的小裙子》中这样写道。

我的第二个习惯与假期有关。在我出去度暑假的两三个星期中，我读的书一本都不会带回我在马拉科夫的家，只要回来的时候匆匆停留我们在博若弗雷的老家，它们就会留在某个房间的小书架上，我会带着轻轻的行李离开。这很蠢，但我喜欢这样。

我去看望父亲时，总是要瞄一眼信箱，看看邮递员是否给他送书来。如果有，我便抱着包裹上楼。我喜欢这样做，这让我想起自己的童年时期。女门房——一个很可爱的女人，在很多年当中，她一天好多次把沉甸甸的书送上来。有时，我和姐姐经过她的小房间，她会拦住我们，把刚刚送到的包裹交给我们。让人怀念的小小习惯……

我还有一些习惯，不如说是怪癖。我不能忍受别人把书翻开反过来放，而不是使用书签——不管使用什么，哪怕是纸头也好，地铁票也好……我为书而伤痛。我的先生就没这么细心。他活该！他一转身，我就会把书合上，让他自己重新去找刚才读到哪里。他还有一个"大逆不道"的习惯：他没有书可读的时候，便到我的床头柜上那堆新书中窃书。他偷走了我的一些乐趣。

我最好的朋友——依然是他，还有一个十分可笑的习惯：他会偷偷地把他太太插在书中的书签改变位置，然后用眼角看着她火急火燎地翻书，寻找刚才所读的地方。读者往往都是一些可爱的笨蛋。

我的建议：

"别出声，有人在看书"(silenceonlit.com)是一个旨在倡导集体阅读的协会，鼓励大家每天一起读书10到15分钟。这一计划的发起人是电影工作者奥利维埃·德拉海，他在2015年发现，土耳其的一所法语学校实施这种做法已经15年了。大家安静下来，人人参与：学生、老师，甚至包括行政管理人员、维修工、食堂员工……但是否所有的法语小学、初中、高中都能接受这种良好的习惯呢？

第六章

翻开词典

1958年，约翰·斯坦贝克在曼哈顿的家中翻阅一本词典（埃里希·哈尔曼 摄）

※

　　我没有一天不翻词典。查某个词语的意思，查它的拼法、来源、家族、同义词、反义词、传统作家和现代作家的不同用法……我更喜欢查纸质词典而不是在屏幕上查。因为我很少局限于我要找的词，而是对与它有关的词都感兴趣，然后，如果有时间，我会在它的前面几页或后面几页"啄食"。在词典中流连、闲逛，那是多大的快乐啊！

　　翻开词典，就是投入沸腾的生活，深入丰富多彩的世界。就是勇敢地承认自己无知，让自己骄傲地有所发现，或自豪地进行证实。而且，每次都是继承一点点人类文明的遗产。

　　面对陌生的词或奇特的用法，许多人不会停止阅读来查阅资料。他们允诺自己说，以后再查吧！——他们这样为自己的拖沓辩解，然后就忘了。

　　虽然说我对许多事情都很懒，我对阅读或写作时碰到的难词却不这样。我这种经常而及时地使用词典的习惯要归功于《小拉鲁斯词典》，那是我的第一本书，也是我的第一本读物（参见《童年时期的阅读》）。我很小的时候就养成了伸手取词典的习惯，就像我伸手去按电灯开关，或伸手去抓救生圈。

　　我更多的是求助于词典而不是记忆，我的记忆力敏捷地逃走了，而我还希望用它来方便我工作。它对自己很没有信心，所以劝我去核查某条格言、某句历史名言，甚至是常常被人引用的句子的准确性。

我的朋友罗贝尔·萨巴蒂埃尔和乔治·桑普兰的超强记忆力太让我钦佩和羡慕了！我觉得他们简直就是会行走的词典。

在20年的"拼字大赛"（Dicos d'or）①听写活动中，我十分强调查阅词典的必要性和趣味性。专心阅读，常常书写容易写错的词，拿不准就去查语法规则表，只有这样才能掌握书写，才能进步。那时，我们才会发现，某个词有时可以那样用，有的词组或短语我们并不知道或者已经忘了。

词典是个百宝箱，内有宝贝无数。

---

① 贝尔纳·皮沃发起的全球性法语拼写活动，从 1985 年到 2005 年持续了 20 年。

※

　　我最后悔的是年轻时碰到该查词典的词没有查。我急着读下去，想知道故事的结局，不想在我不认识的字那儿停下来。大多数时候那都是一些可以忽略的词，容易被淹没在词汇的海洋中。

　　我总是喜欢在地铁、咖啡馆和公共汽车上看书，那些地方很不方便查阅又厚又重的词典。"以后再查吧，以后……"我总是这样对自己说，但"以后"意味着"永不"。

　　在学校里，我和同学们都要在词典中查找词语的意思，然后抄到作业本上，也要找同义词和反义词……我乐此不疲，经常查。但我后来主动查阅《小罗贝尔词典》了吗？很少。

　　几年后，我才发现了由于不愿意、由于懒惰而犯下的错。每当我要描写复杂的情景、微妙的感情或激动的心情——总之，很不巧，恰好都是我特别喜欢的东西——我就词不达意了。我不断地告诉自己说，这不完全是我想表达的意思，我犹豫着，为细节而伤神，画掉重写……我感到自己栽了，真的。

　　我想，词典是记仇的，它们丝毫不原谅我没有把它们放在眼里。尽管我现在对它们尊敬有加，但我无法弥补失去的时光。正如阿涅斯·瓦尔达在她与JR①一起导演的影片《脸庞，村庄》中的精彩台词那样，词汇往往"掉进我记忆的黑洞之中"。

这似乎有些矛盾，但新技术在我的日常生活中大大改善了我与词典的关系。有了"苹果"版《拉鲁斯词典》，我出门在外遇到生词的时候，就会毫不犹豫地中断阅读，拿出手机。我不再怠慢词汇了。如果它们硬是不肯来到我的记忆中，那我也只好自认倒霉。但我每次都召唤它们，永不放弃。

我后悔在大学里没有继续学习希腊语和拉丁语。否则，问题对我来说会容易得多，这不用说。

现在，我最喜欢的是辞源词典。有两个理由：发现某个词语的根、它的出身与各个时期的变化，这非常激动人心。我发现，挖掘了它们的过去之后，要记住它们就容易多了。这太好了！"太好了"（formidable）这个词就是1475年诞生自拉丁语formidabilis和希腊语formidare，原意是"让人害怕"，尽管有时挠破头皮也想不明白，这些词汇怎么会发展到现在这个样子……

我的建议：家长们，看到你们的孩子翻词典，千万不要失望，要告诉他们词汇是怎么来的。

---

① 阿涅斯·瓦尔达（1928— ），法国新浪潮电影导演、编剧、演员，曾获第68届戛纳国际电影节荣誉金棕榈奖。JR即让·勒内（1982— ），法国当代艺术家。

第七章

图书的选择

"1985年,《文化杂谈》节目500期时,《巴黎竞赛画报》的摄影师创造了这座用书堆成的金字塔。" ——贝尔纳·皮沃

※

职业阅读人会收到出版社寄到家里或办公室的书，不管是白天还是黑夜，他随处都有书。为了选书，他在书店或公立图书馆享有业余爱好者所羡慕的便利。他和普通读者获得书的方式不一样，前者已经是书的主人（参见《阅读的习惯》），后者还不知道自己是否要买还是要借。

下面，我以递减顺序，就我邀请作者上《文化杂谈》和《文化高汤》（Bouillon de culture）①节目的书，解释一下选择标准：

1.我喜欢的书。作者出名或不出名。

2.我可能不喜欢的书，但读后给我印象深刻，让我惊愕、慌乱、紧张、不安，因题材、博学、信息量、风格等而吸引我。

3.名作家的书。30年来，我的节目一直伴随着他们的创作生涯，如弗朗索瓦丝·萨冈、乔治·桑普兰、帕特里克·莫迪亚诺、埃玛纽艾尔·勒鲁瓦、让·端木松、菲利普·索莱尔斯、弗朗索瓦丝·吉卢、米歇尔·图尼埃、勒克莱齐奥、让·图拉尔、吉尔·拉普热、热内维埃尔·多尔曼等等。他们的新作永远不受我的第一条规则所限。

4.即将形成事件或引起风波的书，读者自然会感兴趣。

5.进入"特别节目"的非文学类图书，也就是所谓的低层次读物，如关于烹饪、红酒、运动、性或歌曲的书。

①1991年至2001年，贝尔纳·皮沃在法国电视二台主持的另一个电视直播节目。

人们常常问我是否有出版社给我压力。回答是否定的。我所认识的营销人员往往都在尽自己的职责，告诉我他们出版社接下来要出什么书，他们会着重介绍某几本书，有时也会热情地夸大其质量或价值，我不能不考虑。我首先会看这些被认为是精品的图书。能够成功地引起我的阅读兴趣的营销人员，应该给他们记上一分。接着，该由我自己来判断了，赞同或反对他们的观点。优秀的营销人员知道我的口味，在把样书交给我的时候，很少过度赞扬某本书，态度非常谨慎。不断地过度赞扬很快就会失去信用。

为了选书，我也借用皮埃尔·蓬森先生的资料和中肯的意见。我在电视台主持节目和主编《读书》杂志的文学生涯中，他一直是我可贵的顾问。在玛丽亚娜·帕约出版社，我很欣赏对小说如饥似渴的审读员安娜－玛丽·布尔尼翁。她是我忠诚的助手，不时也会给我一些建议。

最后，我还有一些未经邀请也不付酬的合作者，日报和周刊的文学评论家，我每星期都读他们的长篇阅读报告。由于他们，我有时会高兴地去重访被我错误地忽略的作品。或者，他们肯定了我还在犹豫的东西。我也常常不顾众人的意见，坚持自己的看法。

作为龚古尔学院的院士，暑假回来，我会好奇地津津有味地阅读同事们写的关于"文学回归季"①新书的评论。那时，我会表现得像个记者，我看得很清楚，这种态度让评委会成员非常吃惊，他们都是作家，跟媒体的报道和反应完全不同。

---

① 法国特有的文学现象，每年 8 月底，假期结束，法国各出版社会集中推出大批文学类图书，媒体和书店也会格外关注。

马蒂尔德·萨尔夫和亚历山大·拉萨尔为《书店》杂志拍摄的作品《请看着纸张》

《书的灯塔》（昆特·布赫霍尔兹 作）

※

我们有幸生活在一个文学创作自由的国家，书店、书商和图书馆共同构成了这道风景。即使我们住在远离城市的地方，我们也可以在网络上订购我们想要的图书。48小时后，所订购的书就会来到我们的信箱，不管是新书还是二手书。尽管我在网上购书得不到乐趣——代沟问题，但我承认这非常实用。

促使我们读书的原因有很多：报刊上有介绍文学的版面，当然，篇幅越来越小；电台和电视台也有相关的节目，不过现在只有一个还在坚持：《大书店》①；博客——不要犹豫，去访问皮埃尔·阿苏里的"图书共和国"；还有庆典、节日、沙龙、签名仪式、各种奖……我们法国人怎能不成为积极的阅读者？没有任何借口！

其实，不管你是铁杆阅读者还是业余爱好者，都面临着同样的问题：选择的困惑。前者无法理性地购买自己所喜欢的所有图书；后者在茫茫书海中不知如何选择：他们读得少，对文学现状了解不多，所以不希望买错书。对他们来说，书店店员的意见显得十分宝贵。

至于我，我的依赖性太强了，我要改掉这毛病。大量的书在我的床边耐心地等待着我，已经无孔不入了，我不知道把它们往哪里放，

①继《文化杂谈》之后的另一档电视图书节目，由弗朗索瓦·比内尔2008年创办，每周四播出，每次90分钟。

加上为了写这本书，书都堆得摇摇欲坠了。别忘了还有我想重读的书，阿尔贝托·芒凯尔的《阅读赞》，达尼埃尔·佩纳克的《宛如一部小说》；或者是想浏览的《理想藏书》（皮埃尔·博森纳主编）。

"我现在不知道看什么书。" 这句话我经常听到，但我从来没有说过，也许永远也不会说。在我看来，这有点儿不可思议。我对说这话的人深表同情，他们拿不准主意，不知所措。

有的作者，我选择终生阅读他们的书。他们的新书一出版，我第一个星期就跑到书店去买，等不及读《快报》或《新观察家》上的评论文章，也来不及听《面具与笔》①的记者们怎么说。他们爱怎么说就怎么说，这不重要。至于我，我要马上阅读。

反过来，你有没有遇到过这种情况：买了一本书，读了前几页之后，你问自己，怎么会买这样的书？我遇到过。最近我买了一本书，叫《当你明白你只有一生时，你的第二次生命开始了》，作者是拉法埃尔·乔达诺。书是2015年9月出版的，半个月后我就买了这本书，完全出自偶然，是我在一家书店闲逛时买的。我一直不知道它为什么吸引了我。漂亮的封面，女性，还有一点儿复古？书名完全符合我当时消沉的心情？

无论如何，这完全是一次失败。我不能说这是一本好小说还是坏小说——但它已经销售了47万册。当然，它很讨人喜欢，属于那种"感觉好极了的书"（大家常用英文 feel-good books来形容），

①法国广播电台的一档论坛节目，由热罗姆·卡辛主持。

抢手得很。我感到很纳闷。

我那天怎么了？

我的建议：有些书店店员可能对不怎么看书的读者表现得很高傲，认为他们"真的什么都不懂"，只想读"一些容易读的东西"和"不用太动脑筋"的书。店员会蔑视地看着他，继续整理书架，并且叹着气。你属于这种读者吗？书店店员不真心帮助你？在他面前，你感到有点儿自卑？

那就换书店！

第八章

走进书店

1938年，詹姆斯·乔伊斯、西尔维娅·比奇和亚德里安娜·莫尼埃在巴黎的莎士比亚书店公司（吉塞尔·弗洛伊德 摄）

※

在我的一生中，真正重要的书店只有一家，那就是里昂美丽宫广场的弗拉马利翁书店，它今天已经不存在了。青少年时期，后来是青年时期，我怯生生地在汇聚着数万图书的书架间不安地流连。像在埃内街区①阴暗的大公寓中那样，地板发出咔嚓咔嚓的声响，顾客们默默地、深沉地、熟练地在书架上找书，而我却被那么多书吓坏了，漫无目的地走着。知识的海洋伸手可即我却到达不了，让我深受打击。然而，我得坚持，深信自己将来不会在书店、出版社及其相关行业——人们向我保证说，我会看不起它们的——而是自己写书，时不时地给书架添砖加瓦，哪怕生活再贫寒。什么书？所有的书都在诱惑我，却没有一本能吸引住我。它们的数量及其高深的内容让我吃惊，让我感到有些担忧。我往往什么都没有买就离开了。后来，我慢慢地忘记自己的不安，把钱都花在主官医院路的台式足球游戏上。

在巴黎上大学的时候，我去得最多的是塞纳河堤路的旧书店。阿拉贡、安托万·布隆丹、费里西安·马尔索、儒勒·罗曼、安德烈·马尔多的小说价格都很合理。我在那里淘得最多的，是像纳博科夫的《洛丽塔》那样的禁书或要审查的书，以及萨德侯爵阴森无

———————
① 法国里昂的古老街区。

聊的东西。

进《费加罗文学报》工作后，我就开始收到出版社寄来的新书。从此一直持续了60年！对一个爱读书的人来说，这是一个巨大的特权，不可思议的好机会！在做《文化杂谈》节目和主编《读书》期间，邮递员和送货员平均每天给我送来50多本书。什么书都有，包括春播手册、魔术大全或是教人如何避税的书籍。

但家里书太多，首先剥夺了我跑书店的需求和愿望，我再也不去那里感受出版信息了。而这是塞西尔最快乐的事情之一。她更喜欢去买书，而不愿意到我这里来拿书。

《文化杂谈》成功之后，我不再进书店。因为如果被书店店员或顾客认出来，他们会以为我自负、傲慢。我是不是来听他们恭维的？是不是来检查节目对图书销售的作用的？看到上期节目介绍过的书全都摆到一张桌子上，假惺惺地感到惊奇？

很多年以后，直到我应邀为我的书签售的时候，我才重回书店。我很享受每次都能就书店行业的快乐与困难进行有趣的对话。图书定价立法，让杰克·朗[①]把书店从虎视眈眈的超市和大商店那里拯救了出来。现在，怎么保护书店不被贪婪的亚马逊网上书店吞噬呢？

为了制作愚人节目《被遮的镜头》，我乔装打扮，穿着灰色的上装，装作马尔博夫路一家书店的店员。认出我来的顾客看到我卖书，大部分没有感到惊奇，他们觉得这很正常。书店利用我的专长，仅此而已。这家书店老板的一个朋友，她本身也是开书店的，

---

① 1981 年，法国文化部前部长杰克·朗制订和颁布"朗法"，对法语书籍实施"官方限价"政策，以保护纸质书和实体书店。

大声责怪自己没有早点儿想到这个办法，她觉得这种做法很巧妙，也很有效。但人们告诉她这是一个笑话时，她对自己上当更多是感到失望而不是尴尬。

我是个商人的儿子，在我的职业生涯中，我本来可以当电视书商，就像《大书店》的主持人弗朗索瓦·比内尔今天所做的那样。我把书店让给了他。

战争期间，一个女书商或者是一个女读者如饥似渴地在读书（安德烈·祖卡 摄）

※

我一直喜欢买书。走进书店的那种幸福感永远难以忘怀。它诞生于我六七岁的时候，至今没有遭到破坏。当时，我常去现在成了星光FNAC书店的星光联合商店童书部。我可以闭着眼睛走到那里，现在还能非常清楚地记得"粉红色文库"和"绿色文库"放在哪里，展览新书的地方又在哪里。当我白白地找了半天，别人告诉我，最新一期"小幽灵"或"爱丽丝"要几天后才到，不不，他们不能给我准确的日期——那时，我心里会非常难受。这些我也不会忘记。

后来，我离开了老家和台尔纳街区。到了首都之后，不管搬到什么地方，我都能很自然地接受离家最近的书店、街区的书摊或是著名的书店。一放下书包，我就去逛书店，记下它们的缺点——光线不够亮，地方不够大，书架不好看，装潢太严肃……我知道我会经常去的。我很少需要店员给我建议，而希望他们让我自己随便看，在他们的书架上找书。我买书有这个问题：我得放回三本书才能去收银台结账，而我手里还抱着六本，家里的床头柜上还有十二本在等着我。

我和姐姐是在书堆中长大的。我们家门口靠墙堆着的书越来越高，早就摇摇欲坠。除了星期天，其他时间都有很多人按门铃送刚刚印出的书。父亲翻过之后，或把它们放在靠电梯井的墙边，或放在走廊的木凳上、书桌上、餐桌上、客厅的桌上。我根据他摆放的地方，就能知道这些书会有什么命运。我应该恨它们的，因为它们绑架了我父亲；或者蔑视它们，因为我知道它们当中只有很少的书能够摆脱宿命。事实却恰恰相反，门铃响得越勤，我便越喜欢。

总之，我可以吝啬地不掏钱买书的。不管怎么说，我手头的书多如牛毛，都是送的。而且，每天都有新书。当我去父亲家里的时候，如果在"别人赠送的"那堆书中，我发现了我觊觎已久、正打算买的一本小说时，我还是感到挺高兴的——今天依然如此。我节省了几个法郎，或是几个欧元。但这本书会失去它的一些光环，这跟我父亲要远离这些书毫无关系。我知道它们被放在父亲很喜爱的那摞书中，但他不可能把它们留在家中，因为没有地方。我只是说，免费得来的书让我失去了逛书店的乐趣。我已经记不清父亲有多少次这样笑着对我说："你买了？我家里有，我本来可以给你的。"

我很喜欢去蒙帕纳斯大街的"眼听"书店，可惜，它刚刚倒闭。它曾想出个好办法，平时每天开到晚上10点45分，周末推迟一小时打烊。书店的四周都是电影院，晚上看电影前后我会去书店转一圈，因为它虽然老了，但还很健康。

第6区的"歌书"书店，是青春文学的圣殿，各类文学图书都丰富。我之所以喜欢那里，是因为那里各年龄段的孩子都很多，很开心。

在波尔多，我喜欢被淹没在莫拉书店及其总长数公里的书架间。那是一个不能不去的书店，十分惊人。[1]

我现在住在92区的马拉科夫。很幸运，几年前佩吉小岛的书商纳塞尔和鲁道夫在那里安营扎寨。他们的书店都不大，而且往往都乱糟糟的，但里面的书应有尽有。哪怕时间匆促，我只要从旁边经过，都会设法朝里面扫一眼。我高兴地发现，不管是平时还是周末，书店里总是顾客盈门。应该说，这两个书商都不慌不忙。我倾向于认为，马拉科夫的居民特别喜欢看书。没有什么比看到书店里人头涌动更让我高兴了。相反，要是书店里人稀稀拉拉的，我会非常伤心。

我的建议：在书店里慢慢看，不要着急。触摸、翻阅、看看封底、想象……这好过一场瑜伽或是冥思。

---

[1] 在营业额和在架图书方面，这是法国第一大独立书店，营业面积 2700 平方米，16 万个品种，图书总量 26.5 万册。

第九章

我们偏爱小说

乔治·西默农在他的一个书房前（罗贝尔·达索 摄，1961年）

※

　　一点儿不奇怪，我阅读的时间（时、天、月、年）大部分花在了小说和自传体图书上（回忆录、私人日记、笔记、通信集）。

　　在《费加罗文学报》，后来是在《读书》编辑部，负责图书报道的记者必须有多方面的兴趣，尽管我首先而且主要是对所谓的综合性文学的作者感兴趣。当时，侦探小说被当作一种不重要的式样，我读得很少。我在电视上给它留的位置一直有限，根本没有陪伴它这25年来的巨大发展。

　　虽然我阅读和欣赏菲利普·K·迪克、伊萨克·阿西莫夫和雷·布拉德布里（《文化杂谈》节目邀请过他），我从来就不是科幻小说的粉丝。我太喜欢享受当下了，所以对往往是不幸而阴森的未来不太感兴趣。

　　至于漫画，我在这方面热情不大（不像在小说方面），不想有什么发现。不过，我在节目中邀请了这类图书中的尖端人物：埃尔韦、格西尼、比拉尔、布雷泰切、莫埃比尤斯、塔蒂、萨特拉比、雷塞等。由于妒忌我新闻漫画同行的机智、幽默和高效，我八次邀请卡比，五次邀请沃伦斯基，一两次邀请佩蒂庸、桑贝、维亚兹、费桑等。

　　在诗歌方面，我是一个间歇性读者，有时如饥似渴，有时视而不见，视而不见多于如饥似渴。我无法解释为什么。就是这样，没有理由。让诗人在演播台上做直播可不容易，把一种悄然的、秘密的文学展示在聚光灯的强光下，这里面有些二律背反的东西，几乎就是一种暴力。只有加斯东·米隆[1]才能热情似火地大声朗读诗歌，诉说他对魁北克的自豪和爱。

在我主持《文化杂谈》时期，历史小说如雨后春笋。我也滥用了它，给了历史与自传体图书很多空间。这类书现在少多了，这非常可惜，小说化的传记现在倒成了一种时髦的体裁。

书店里充斥着政治类书籍，我不看这类书。读一读新闻纪实、社会调查、长篇通讯、游记、哲学散文，在这上面进行思考，比读政治类书籍要好得多。因为这类书在不断地拷问世界，而且，有时还很有趣，充满了幽默。

最后，我还是保尔－路易·库里埃的论争小册子无条件的支持者。我非常喜欢大胆的、反潮流的文学，其智慧和知识让讽刺变得像刀剑一样锋利。让－弗朗索瓦·雷维尔主编的杰出的"自由"丛书收集了许多论争性的漂亮文章。他最近又增加了一些新书。

---

① 加斯东·米隆（1928—1996），加拿大魁北克法语诗人。

《被征服的读者》（勒内·马格里特 作，1928年）

小伙子阿格里皮纳于20世纪80年代末诞生于《新观察家》栏目

※

　　小说画出了一条与我的人生平行的道路。从开始识字起，我就在上面漫步。要跑遍全球，了解命运传奇、不凡或是普通的男男女女，我觉得没有比读小说更有效、更激动人心的了；要学会生活，尤其是学会与人打交道，我觉得没有比读小说更好的了。

　　小说家比任何人知道得更清楚，一切都可以表现，首先从人开始。自己看自己，跟别人怎么看我们不一样。这已经是一个故事的开始，自恋、主观，没有结束。

　　编故事的人是自由的，完全不受现实的束缚。他不是创造现实，而是从现实中得到灵感，与现实斗心智。他利用现实，或抛弃现实；他创造现实，或掌控现实；他抚摸现实，或虐待现实。他撒谎，他越界，或者相反。问题可以留在那里得不到解答，他的任务不是弄清真假。这正是我所喜欢的，也是我最欣赏的。小说家首先享有完全的自由，可事实上，自由表现得十分苛刻。小说写不好，作者就要摔跤；人物塑造得不完美，人们就会厌烦；想把小说写得滑稽点儿但没能做到，人们就会感到烦闷；想把小说写得伤心点儿但没能做到，人们就会感到悲怆；小说的结构不稳，作者就失败了。

　　缰绳松开了，但一切都在掌控之中。矛盾，但激动人心。

　　我也喜欢给作者增添神秘光环，这种光环来自每个读者都忍不住想问的这个问题：哪部分是真实的，哪部分是虚构的？尽管问题并不重要，但也得让它布满神秘色彩，因为这是小说。

有的小说家喜欢弄乱线索。埃里克·雷纳尔就是这样的，他在《爱情与森林》中讲述贝内迪克特·翁布勒丹纳和一个作家相遇的故事；菲利普·雅纳达在《嘴软的女高个儿》讲述一个名叫……菲利普·雅纳达的侦探的故事；德尔菲娜·德维冈在《根据一个真实的故事》中，塑造了一个叫德尔菲娜的人物，她新写的一本关于自己家庭的书取得了巨大的成功。

我想，也有可能想错了，小说爱好者面对生活时，有着别人所没有或很少的缓冲。他以不同的方式接触日常生活，带有更多的奇幻、宿命和宽容。我同意米兰·昆德拉的说法，他曾这样写道："人的愚蠢在于他们有问必答；小说的智慧则在于对一切提出问题"。

我也读散文、报告文学，想了解和找到问题的答案，尤其是关于自闭症的问题。亨利·博肖的《蓝色的孩子》、弗洛朗·夏培尔的《自闭症大调查》、诺基·施加希达的《你知道我为什么跳？》、斯加莱特与菲利普·勒里凯合著的《听亨德尔怎么说》、马克·拉瓦纳与德瑞恩·埃尔-凯斯丽合著的《你我，我们以"你"相称》帮助我弄清了我儿子为什么会有某些反应。

但我最喜欢的还是小说，尤其是法国小说。我怎么也不会错过让-菲利普·图森、埃玛纽艾尔·卡雷尔、卡琳娜·蒂伊、德尔菲娜·德维冈、雷吉·若弗雷、塞尔日·容库尔、让-保尔·杜布瓦、雅斯米娜·雷扎、法布里斯·安贝尔、玛丽丝·德·克朗加尔、菲利普·雅纳达等人的作品。读了几页，我就听到了我所熟悉的轻轻的悦耳的乐声。我又重温某种形式、某种风格、某种处理幽默自嘲及陷入忧伤的方式，找到了某种奇特的感情。小说具有神奇的功能，能帮助我热爱日常生活，这种生活有时神奇，有时不可思议，有时很平凡。

我的建议：时不时地探索你所陌生或你一开始不喜欢的文学领域。你从来不读诗？从来不读剧本？该试试了，如果你对它们了解不多，没关系。谁知道会不会一见钟情呢？

第十章

读书与孤独

越战期间，一名战士正在专心阅读（尼古拉·蒂克米罗夫摄，1961年）

※

有一次，在巴马科录制《文化杂谈》节目时，一个同时又是巫师、乐师的诗人大声宣称，他反对读书与写作。他以保护家庭为理由，认为他的单位和集体，由于成员躲到一边读书或写作而处于危险之中。他们自我封闭，喜欢孤独而不喜欢交谈；他们逃避家庭的义务、担忧和快乐，而喜欢一个想象出来的小说世界，从中追随或编造故事。

拒绝现实、缺乏团结、自私、背叛，等等，那个同时又是巫师、乐师的诗人说得很无情。

聚集在巴马科博物馆花园里的作家们向他解释说，读书、写作不会影响什么，而且全家人都可以享用他从书中学到的东西，知道别的社会是怎么运作的；而且，旅行不也会中断与他人的联系？读书和写作不过是在家中进行一场短暂的旅行；每个家庭成员都需要有独处的时间，用它来做自己想做的事情；等等。但那个诗人不为所动。对他来说，读书和写作都是中邪。

前不久，在法国的某些贫穷或受教育程度不高的农民家庭，喜欢阅读的孩子还被当作懒鬼，是想逃避家庭约束的自以为是的孩子。

而在有钱人家庭，喜欢读书的青少年也常常受到蔑视和指责。他们这是怎么回事，天天沉迷于阅读，越来越没节制？这样会变坏的。

今天，用不着再担这种心了。不管是好思想还是坏主意，都来自比书更强大和壮观的载体，图像已经代替了文字。

啊，现在有很多家长希望自己的孩子独自看书，而不是整天看手机、电脑或掌上阅读器！躲避图像专制和社交网络的召唤，似乎成了一种抵抗行为和大胆举动。以书作为孤独的同伴，相较过去，更显得是培养独立思考能力、自由精神和严格要求自己的好办法。

我年轻的时候，由于太喜欢集体参与的足球活动，而不是一个人静静地看书，结果，后来遭到了书的报复。每天看书十个小时，有时甚至更多，包括周末。这是要做好一档文学节目必须付出的代价。别人也可能做得同样好，甚至更好，更轻而易举，我却无法做到这样，以至于——我在《文字一生》已经表达过这种悔恨——我的家庭无法过上正常的生活。

不幸啊！我曾以为巴马科的那个同时又是巫师、乐师的诗人是对的。

在一个人际关系盘根错节的嘈杂世界里，要提供一个孤独和安静的环境，今天是越来越难了。喜欢看书的人被当作怪物，有点愤世嫉俗，有点儿边缘化，仍然生活在一个以书为大的旧世界里，几乎就是一个异端。他们逃避摄像头。不受任何权威的控制，他们欣喜若狂。阅读是一种"悄悄的颠覆"，雷吉斯·德布雷①说。不屈服的法国首先是读书人的法国。

---

① 雷吉斯·德布雷（1940— ），法国作家、思想家、媒介学家，2010 年 6 月曾来中国讲学。

《白鲸》（卢・比齐 作）

弗朗索瓦·密特朗在给雕塑家达尼埃尔·德鲁埃当模特儿，他正在读克洛德·卢瓦的《居留证》（吉·勒盖雷克摄，1983年）

法国总统密特朗摆了十次姿势让达尼埃尔·德鲁埃雕像。到了第八次的时候，由于对作品不满意，他毁了胸像。
一年半后，1983年10月，达尼埃尔·德鲁埃终于在最后两次完成了作品。

纽约地铁上的一名女读者（英奇·莫拉特 摄，1957年）

※

　　读书的人喜欢周围安静。如果他在我们旁边，我们说话会压低声音；如果我们想对他说什么话，我们会等一等再说；如果有急事，我们会道歉打搅了他。我们会好奇地扫一眼图书的封面，但什么都不会说，然后走开……

　　如果书是他吃饭的工具，我们会更加体谅他。

　　我们不会打搅正在演奏音乐、画画或写作的人。创作需要集中精力，需要某种形式的冥思。我们像对待艺术家一样对待读者。

　　阅读需要排除进入他耳朵里的谈话，排除在他周围来往的人。他打开书，夹上书签，低着头。他已经远离河岸，逃离了我们。也许此刻他正跟埃里克·诺霍夫在《布拉瓦海岸》①，跟吉姆·哈里森在《西行之路》②，和村上春树在《国境以南太阳以西》，和帕特里克·莫迪亚诺在《青春咖啡馆》，和雅克－皮埃尔·阿梅特《在外省》，和亨利·博肖在《雪底道路》上。他也许与玛丽丝·德·克朗加尔③《切线东方》。其精神状态随着手中翻动的书而发生变化，他分担里奥内尔·杜罗瓦的《忧伤》、斯特凡·茨威格的

①诺霍夫的作品，布拉瓦海岸是西班牙加泰罗尼亚大区东北部赫罗纳省的一段海岸线。
②美国作家吉姆·哈里森的中篇小说集，英文原名 The Beast God Forgot to Invent。哈里森曾获国家艺术基金会奖、古根海姆学者奖等，作品已被翻译成 27 国语言出版。
③玛丽丝·德·克朗加尔，法国女作家，其作品《一座桥的诞生》获 2010 年度美第奇文学奖；描述在西伯利亚旅行见闻的作品《切线东方》获 2012 年度法国朗代诺文学奖（Landerneau）。

众多读者众多书（蒂姆·马克费尔松 设计并拍摄）

《恐惧》、菲利普·罗斯的《愤怒》和乔·埃格罗夫的《窒息》。

他消失了，不再跟我们在一起，不知去向。为了书，他抛弃了家庭和朋友。寻找各种借口，与自己独处。读者是孤独的。

确实是这样吗？

那就悄悄地尾随你的读者，自己来证实吧！

难道你没有在他的路上和你的路上遇到侯爵夫人、宫妓、众神、贵族、女佣、祸害男人的女人、水手、伯爵、商人？

既然跟踪你的读者，你就不能不去他家门口偷听。你发现了什么？虚空？寂静？安宁？不，当然不会。你会发现战争的嘈杂、情人的歌声、大海的咆哮、女孩的絮语、风的怒吼、众人的愤怒、大笑的男人、机枪的嗒嗒声、步调一致的前行人群……各种声音都有！

但读者不受打扰，舒舒服服地坐在沙发上，把自己的游戏藏得好好的。他生活在巨大而甜蜜的矛盾中，主动把自己在日常生活中扮演的演员角色调换成书中的观众。

在加斯顿·杜帕拉特和马里亚诺·寇恩导演的阿根廷电影《荣誉公民》中，主人公是一个著名作家，他曾说："作家就是现实不能让他满足的人。"对喜欢阅读的人来说也同样。人们以为他孤独或者愤世嫉俗，其实他是人间喜剧最热情的观赏者之一，也是最伪善的人。

我的建议：如果你为一本好书而抛弃了别人，觉得有罪恶感，别忘了你和法国道德学家和散文家约瑟夫·儒贝尔一样，属于"世界不能让他满足的人，即圣人、胜利者、诗人和所有爱书之人"。

第十一章

读书与心灵自由

《读书的女人》（泰奥多尔·卢塞尔 作，1886—1887年）

※

如果我恋爱了，我会想读爱情小说，不管是缠绵悱恻的还是轰轰烈烈的，真的是这样吗？绝对不会。他们小小的故事，不管是可爱还是残忍，是浪漫还是情色，在一个只想着征服恋人的头脑中找不到位置，因为它正在享受内心的快乐。在这种情况下，现实比小说更加激动人心，只有诗歌能悄悄地陪伴着他。

如果一个女人，整天都在热恋，即使她很喜欢小说，再怎么缠绵的爱情小说也没有她眼下的爱情那么享受。

心无牵挂或是身轻如燕才能津津有味地或者说有欲望去追踪别人错综复杂的爱情故事。

我不觉得刑警队的警察会对侦探小说感兴趣。他们如果看侦探小说，准会批评作家们在书中所描写的破案方式。对他们来说，现实比夏洛克·福尔摩斯、赫尔克里·波洛、菲利普·马洛、内克多·布尔马、梅格莱、亚当斯伯格①、哈伊罗尼穆斯博斯和②、科尔·维兰德③和其他官方或私人侦探的历险更激动人心。

---

① 赫尔克里·波洛，阿加莎·克里斯蒂系列侦探小说中的主角；菲利普·马洛，雷蒙德·钱德勒小说中的私家侦探；内克多·布尔马，法国侦探小说家莱奥·马莱小说中的侦探；亚当斯伯格，法国女作家弗莱德·瓦尔加《快去慢回》中的侦探。
② 迈克尔·康奈利系列侦探小说的主人公，首次出现于《黑色回声》，该小说曾获1992年爱伦·坡最佳处女作奖。
③ 贺宁·格奥尔格·曼凯尔（1948—2015）小说中的侦探。曼凯尔是欧洲推理小说大师、瑞典"犯罪推理小说之父"。

"椅子很简陋，我读了所有的书……"（菲利普·德戈贝尔摄）

侦探小说和惊悚小说只能吓吓那些没有这方面经验的读者。

有家庭问题、健康问题、金钱问题或与工作有关的问题要解决时，适合读小说吗？那时，我们恨不得扔掉小说，而去读一些所谓有用的、被认为能给我们带来帮助的书。

不过，我觉得，在生活最艰难的时候，在忧伤或忧郁时期，读读小说是有用的。不仅仅是有用，而且有益、有救。远离当下让人伤心的现实，躲在别人的生活当中，躲在遥远的地方、陌生的社会。作家们会不惜笔墨地在家庭与夫妻间制造冲突和争端，以至于当我看完一章抬起头来，觉得跟书中人物比起来，自己的不幸实在算不了什么。小说就是从自身流放，通过逃跑来疗伤。回到自身永远不会太晚。

我有时也通过阅读作家的书信来排遣自己的忧伤。没有什么比塞维涅夫人、伏尔泰、福楼拜或科莱特的书信更让人感到新鲜了。读读私人日记也会让人感到拯救，如龚古尔兄弟、夏尔·朱列特、纪德、马蒂厄·加莱的日记。他们可爱地向我的好奇心敞开了自己的隐私，让我感到愉快，得到安慰。总之，逆境中可以阅读吸引我们的一切，包括阿尔封斯·阿莱①、卡米、伍德豪斯②的著作——但千万不要读关于失败、悲伤、压力和孤独的论著及实用指南。

然而，欢乐之中，我是读不了书的。有什么理由又如何能够让我离开眼前的幸福？快乐是自私的。我品尝着、欢笑着，兴奋，跳舞、发疯，双手忙于抚摸这神圣的时刻，任何书都会从手中滑落。

---

① 阿尔封斯·阿莱（1854—1905），法国记者、幽默作家，被认为是法国最出色的故事能手之一。
② 佩勒姆·G.伍德豪斯爵士（1881—1975），英国幽默小说家，深受读者欢迎。

※

唉！对我来说，书从来就不是消除痛苦的良药。当我情绪低落的时候，我对作品中主人公的命运，对他们所经受的痛苦（我的痛苦比他们要大得多）和他们沉浸其中的幸福（一切都是吹嘘，他们迟早会为之付出代价的，生活就是受罪）漠不关心。由于遇到的问题让我失魂落魄，我很难集中精神来看书，无法忘记自己的生活而对别人的生活感兴趣。我只想着自己的小我。我的不幸显而易见，比别人的大得多。在这忧郁的时刻，既然看书那么难，为什么不停几天或几个星期？为什么要如此执着？

因为放下书将是结束痛苦的最佳方式。

而事实上，我一直在搏斗，想摆脱自己，想想别的事情而不是老想着自己的痛苦。起初，我确信一切都是徒劳的，时间绵绵无尽头。我双脚沉重，无法迈步，永远也无法在书中找到拯救人的幸福。这是终结的开端，我完了。

然而并没有，我依然搏斗着，还想找回那种快乐，但我没有马上意识到这一点。我心中的变化是缓慢的，悄然的，但一行行，一页页，我获得了十分之一秒的专心，然后是几秒钟，几分钟……我不再每个句子都读三遍，而是两遍，然后是一遍。我读得很快，越来越快。泪水不再模糊我阅读的视线，眼前豁然开朗。结束了，我不再被钉在那里。5，4，3，2，1，0，出发！起飞了，嘭的一声，我又沉重地摔在地上。我为初次逃跑付出了巨大的代价；第二次也好不了多少。第三次，我想把书从窗口扔出去，躲到羽毛褥子底下。尽管如此，我还是一次次恢复过来。时间是我的盟友，我最后与蓝天重归于好。

文学是我的情感晴雨表。它等待着我重新振作，每次都显得十分耐心。是它告诉我，在享受明媚的阳光之前，得经受暴风雨的考验。

当然，我会好起来的，会重新快乐地看书。阅读成了我最好的伙伴。我渴望书籍。亲爱的作家，告诉我别人的事儿！跟我谈谈爱情，我听了还想听。跟我说说关于友谊和仇恨的故事吧！告诉我谁最可恨，谁最难对付，谁最脆弱，谁最爱梦想！把我带到你想把我带去的地方吧！

我读得并不愉快，因为我心中不快乐。有的书，童话或小说，受现实生活的启发，会讲到一些悲惨的事件，甚至会让我的心情变得更坏。我想起了普里莫·莱维的《假如这是个人》①，乔治·桑普兰的《写作或生活》，让·哈兹费尔德的《屠刀一季》②，米歇尔·罗斯坦的《儿子》，雷吉·若弗莱的《克洛斯特里亚》，威廉·

---

① 普里莫·莱维（1919—1987），意大利化学家、文学家，《假如这是个人》讲述的是1944年他被囚禁在奥斯维辛集中营的故事。
② 让·哈兹菲尔德（1949—　），法国作家，《解放报》战地记者，《屠刀一季》为"卢旺达三部曲"之一，讲述卢旺达大屠杀悲剧，2003年获费米娜奖。

斯泰伦的《索菲的选择》①。我不再为我新近的忧伤哭泣，跟刚刚在我眼前死去的几百万人相比，它显得那么微不足道。 我将为人类难以想象的无数野蛮行为哭泣。让人与事恢复本来的面貌，这是文学的另一个巨大长处。

我合上书，几分钟后才继续阅读。我想我非常幸运。我又想起了我非常喜欢的一句话，那是阿丽丝·费尔内《爱情谈话》中的最后一句：

"'微笑吧！'他在黑夜里大喊：'天哪，我们还活着！'"

---

① 威廉·斯泰伦（1925—　　），美国当代著名小说家，《索菲的选择》和《安妮日记》均为关于奥斯维辛大屠杀的文学经典，是美国大学必读书目，被收入兰登书屋"现代文库"20世纪100部最佳英语小说之中。

第十二章

读书要牺牲什么

《女佣》（威廉·马克格雷戈尔·帕克斯顿 作，1910年）

※

　　我没有牺牲什么，因为这是我的工作。对我来说，读书不是娱乐，不是消遣，也不是一种可有可无的爱好，而是我工作中的主要活动。我读很多书，正如有人盖很多房子，做很多菜，看很多病人，替人打很多官司或天天演奏小提琴。今天，我卸去了行政管理工作，但继续为《星期日报》，为龚古尔学院，为自己的快乐而读书。我希望自己离开世界的时候手里能拿着一本书。

　　然而，仔细看看，尤其是在做《文化杂谈》节目时期，我把个人生活的大部分都牺牲给了阅读——每天起码阅读十个小时，包括周末。我不可能不认真地、从头到尾地阅读被邀嘉宾的书。我觉得，如果跳过一章，作者和电视观众都会发现。一个瓶颈没解决，我都会心虚；一目十行，会让我不自信，不敢多说。这是看得出来的。

　　要把一期节目尽可能做到最好，需要读很多书，然后进行挑选。有的书尽管没被选中，但显然也占去了我的很多时间。其中有些书是"垃圾"。我并不后悔，否则那些垃圾书会影响节目的质量。

　　永远把心思放在书上，其代价是我不看电影，不看戏，不听音乐会，不看展览。我主持《文化杂谈》节目十五年半，患了文化偏

伦敦荷兰屋图书馆在1940年10月被燃烧弹炸毁

食症。在这种近乎修道院式的生活中，唯一的例外是看了几场足球赛，在王子公园，在圣蒂蒂安的若弗鲁瓦·吉夏尔体育场。

最后，正如我在《文字一生》中所痛苦承认的那样，我的家人有理由认为他们受到了伤害，因为我没有给他们足够的时间和关心。但塞西尔没有因此而讨厌书，这让我感到宽慰。她自己也在这本书中承认了这一点。

由于《文化杂谈》之后的《文化高汤》——正如题目所表明的那样，这是一档跨文化节目——我最终可以回到电影院、剧院、音乐会或展览馆了。但我继续读书。我用在两个女儿身上的空余时间还是跟以前一样不是太多，但她们都展翅飞翔了。

※

我给一个平面媒体当了20年记者，晚上8点之前很少回家。三个孩子执着地在家里等我，我的钥匙还没从锁孔里拔出来，他们就问我："晚上吃什么？"

我不像有的人那么有本领，能够每天只睡三小时，然后只身一人在静悄悄的房间里看书。可怎样以及去哪儿找到时间来满足阅读的需求呢？这是个问题。一个真正的问题。必须做出选择，与流逝的时间、与所爱的人斗智，除此之外没有别的办法。我承认，我每天或者说几乎每天都为自己对朋友们撒的小小谎言而有负罪感。每个星期至少会有两次同事约饭，我总是找借口，说已经有人约了。这是说谎……我的瘾上来了，我要去看书；或者，我急于知道故事的结局。所以，我便逃到咖啡馆里，躲在角落，藏在柱子后面——不让任何人看到我。我从来没有被人抓过现行，这是一个奇迹。

为了"知道结局"，有的人什么事情都做得出来。您听过阿尔贝托·芒凯尔在《阅读的历史》中讲述的关于奥斯卡·王尔德的那个脍炙人口的故事吗？王尔德在牛津大学参加考试时，人们要这个年轻而怪异的天才翻译一段希腊文《新约》中耶稣受难的故事。他翻了，而且翻译得很好。考官告诉他够了，但王尔德不干："啊，让我继续翻译吧，我想知道最后是怎么结束的！"

宁愿看书也不愿陪伴周围的人，您将付出一个代价：有人会在您背后指指点点。"她很冷漠""她不容易交往""她从来不跟我们一起吃饭"。这种名声——就我而言，这并非空穴来风——贴着你的皮肤，穿过墙壁和办公室，甚至会传到老板或人力资源部那里。

我对我的孩子们也没能做得更好。我常常会在小酒吧的柜台前读一会儿书才去找他们。"我要去采购，地铁上出了点儿问题，还有点儿事情没做完……乖。"

最后，但愿朋友们能原谅我。已经记不清有多少次了，我宁愿躲起来看书也不愿意跟他们在一起。我知道可能会失去什么：一顿美餐，一杯美酒，一场令人愉快的谈话，不能跟闺蜜说悄悄话，不能跟某人开怀地大笑……我不是很勇敢的人，所以，只好找借口。很难承认自己那天晚上宁愿待在家里看书也不出去。

有人可能会因此而对我怀恨在心，如果我以累了为借口进行推托，或谎称看书是工作所需。有些谎言是完全可以原谅的，有的就不是了，正如我父亲在《读书与孤独》那章中所说："喜欢看书的人被当作怪物，有点儿愤世嫉俗……几乎就是一个异端。"

我的建议：要找到看书的时间，以致不得不牺牲与朋友在一起的美好时光？别像我这样，把真相告诉他们。

第十三章

眼镜奏鸣曲

读者去找糖了（皮埃尔·米肖 摄）

※

我有一天发现，眼睛与书之间的距离变远了，胳膊越伸越长。老花了，老兄！由于我的远视能力还很强，眼科医生给我配了一副半月形眼镜，我看书的时候才戴。在《文化杂谈》摄像棚，如果要查书或查卡片资料，我得把眼镜推到鼻尖，然后又马上戴好，继续跟嘉宾谈话。

眼镜的这种来来往往，在我的双手之间不断地递来传去，跟我向作家所提的问题一样，让我这个阅读者出名了。卡比和其他漫画家常常画我拿着眼镜，在手里转来转去，折来折去，衔在嘴里，咬着镜腿。摄影师也要我下意识地这样做。

我的半月形眼镜也出名了，仿制品可以卖到几千欧元。验光师们从来没有这样喜欢过一档文学节目。一个名牌眼镜商想跟我签广告合同，我断然拒绝了。在公共电视台的责任书中，没有规定在宣传图书的同时必须给眼镜店做广告。

几年过去。一天晚上，在王子公园看球赛，我没能看见一个球员在禁区耍了一个假动作；不久，有人使了个绊子，我又没看清。我去检查眼睛，医生对我说，我近视了。

我把半圆形眼镜换成了双焦距的圆形眼镜。亲爱的眼镜，结束了，你不会再老是摘下来戴回去了！你现在要永远架在我的鼻子上，不会再动。

1955年，詹姆斯·迪恩在读美国诗人詹姆斯·惠特孔·莱里的诗歌（德尼·斯托克 摄）

※

我跟很多人一样，老是要找眼镜。如果你不是从小就戴眼镜，现在身上要新增加一个东西，而且从此在日常生活中离不开，我想这确实有点儿难。对我来说，从能够看书起，眼镜就是一件十分重要的东西。

我有三副眼镜：第一副被认为放在床头柜上，第二副放在书桌上，第三副架在脑门上，或在我出门时放在口袋里。这种理想主义的安排纯粹是幻想。

在漫不经心的时候，我常常会把其中一副眼镜放在另一个地方——餐桌上、厨房的工作台上、书房的书架上，或者给它放大假——放在钢琴上、口袋里、花园的桌子上——这足以让我的计划泡汤，往往会浪费我一整天。在这种情况下，我会拿起手头的眼镜来对付，事情会因此而变得混乱。我花大量的时间来寻找眼镜，后来却发现它架在自己脑门上；坐地铁时发现随身带了三副眼镜，或者在洗衣篮里找到了其中一副。

这些都没关系。有眼镜，这才是最重要的。多亏了眼镜，我才能继续看书，它们都适合我的视力，而我的视力也没有随着年龄的增长而改善。

眼镜这一天才的发明不知要感谢谁。它是14世纪发明的，是威尼斯玻璃行业公会成员僧侣斯皮纳，还是萨尔维诺·德格里·阿玛蒂？抑或是罗歇·巴孔？

眼镜除了非常有用之外，还能让戴眼镜的人从小就看起来像知识分子，它有时也确实跟学问有关。您想象过哈利·波特不戴眼镜是什么样子的吗？或是戴眼镜的蓝精灵①？像教皇一样严肃的说教者，不戴他的方框眼镜会怎么样？又或者在史努比的世界中，那个可爱又用功的马西不戴眼镜？当然不可能。而且，小尼古拉和他的朋友们牢牢地记住了生活中的这一教诲：如果像阿南一样不戴眼镜，在班里考第一是没有用的！

我的建议：把安德烈·莫洛瓦的这句话当作你的格言——"人们往往像寻找架在鼻子上的眼镜一样寻找幸福。"

---

① 比利时漫画家皮埃尔·库利福德创作的《蓝精灵》中的形象。

第十四章

假期读书

雷蒙・萨维尼亚克设计的海报（图中文字为"书上的特鲁维尔市"）

※

做《文化杂谈》节目的第一年，第二频道的新老板马塞尔·朱利安对我说："你不能在七八月停止你的节目。法国人在假期里读的书最多！做一个稍微不一样的节目，在语气上更加适合每年的这个时期，但荧屏上不能没有书。"

ORTF[①]改组之后，马塞尔·朱利安在被任命为二台总裁，奉命创办一个新的电视台。朱利安以前是个图书出版人。假期中，所有媒体给图书的版面和空间都大大缩减，甚至消失，虽然出版社不再出新书，但职业敏感还是让他感到十分震惊。

于是在出发度假前，我在作家们的家里录制了二十来分钟的访谈，它们之后将被编辑和播出，还是在星期五，题目是：啊，您也写作？

我前往乡村的家中，汽车后备箱里塞满了文学回归季即将出版的新书清样。我休息几天，工作几天。休息的时候远足去品尝红酒和美食，其实这也同样累人；工作的几天在让·端木松命名的一个游泳池边大量读书，我不时地跳进游泳池里清醒一下大脑，梳理思路。

当时，清样不像现在这样是装订起来的，而是一沓沓纸，风一来，或者是我笨手笨脚，会把它们弄得四处乱飞，散乱不堪。晚

---

① 法国广播电视公司（L'Office de radiodiffusion-télévision française）的缩写。

上，我坐在沙滩椅上，集中精力看稿，周围的沙地上全都是编了页码的纸，我得把它们捡起来，整理好，然后回到家中。主要是9月份要出版的小说，我寻找有才华的新作者及老作者的佳作，大家都在竞争将在年底揭晓的文学奖。

30年后，什么都没变，除了我不再喜欢在游泳池边看书——我宁愿待在清凉的客厅里；清样不见了，代之以送到书店之前早就印好的书——谢谢出版商。我只看有可能得龚古尔奖的小说——"有可能得龚古尔奖的"（gongourable）这个形容词最近已经收入词典了。

除了这种总是专业的阅读——7月、8月、9月三个月要看六十来部小说——还得把自己的读书感想通过邮件寄给龚古尔学院的另外9个成员，评委会秘书玛丽·达巴迪则把大家理由充分的评价寄给我。我们就这样轮换阅读必读的小说，以便在9月初召开的第一次会议上进行讨论。

最终，打电话跟《星期日报》文学版主编玛丽-洛尔商量后，我会选两三本小说上我的《文学回归季》专栏。这个无法避免的词提醒我们，我们这些大孩子又要准备"回校上课"了。

1967年，森塔·贝格尔在沙滩上读特鲁曼·卡波特的《冷血》

卢斯塔尔创作的插图

防晒书的发明（马丁·帕尔 摄，1996年，印尼巴厘岛）

※

　　我的行李箱不怎么喜欢书籍，它觉得书太富有侵略性了。书挤到里面，撑破了箱子，让箱子这里鼓起来，那里胀开来，像个肿块。为了强迫箱子接受这些书，我使劲压它，使用暴力，甚至重重地坐在它上面。我们想怎么对待它就可以怎么对待它，这太过分了。它做了年龄不允许它做的事情，而这全是书的错。

　　以前，我会把要带走的书都塞进一个背包里。后来，有了三个孩子和一只大狗，我便把书硬塞进手提箱里，夹在我的泳衣和拖鞋当中。

　　这种斗争我每年起码要进行一次，在出远门之前。这意味着一切就绪，就看几点钟出发去度假了。弯腰选择堆在床边的书时，我会问它们：你们与休闲、吊床、知了的叫声合拍吗？把这些黑乎乎的字带到一个做梦的地方是不是合适？我也会问自己：我更想读经典作品还是新书？小说还是传记？带十本书还是八本书？或者是十二本？

　　关于这个问题，我永远都是无可救药的乐观。我从来没有读完所带的书。如果我只在酒店或地中海俱乐部待三周，带这么多书应该是合理的。但事实上并非如此。在一栋东西堆得满满的屋子里总有许多事情要做，有朋友路过，要去买东西，吃饭……这一切我都喜欢，但留给自己静静看书的时间就不多了。我要斗争才能得到和平，找到理想的地方。

我的朋友让－皮埃尔可以躺在沙滩上看几个小时的书。我很羡慕他。对我来说，这是不可能。我会腰背痛，脖子痛，抽筋，身体扭来扭去，太阳会把我晒死，照得我眼花。总之，躺下来不到一刻钟，我就要到沙滩咖啡馆进行文学跋涉了。没有咖啡馆的沙滩是不可思议的，就像一座城市没有小酒馆。

我常常利用假期去认识一些作家，当代的或是古代的，或者是国际知名的，我之前没有读过他们的书。去年，我读了2006年诺贝尔文学奖获得者、土耳其作家帕慕克的《纯真博物馆》，那是一部充满激情而又忧郁的伟大小说；前年，我读的是《基度山伯爵》，我以前从来没有读过——不可思议，却是真的。

我也选一些"关联书"。作者在书中引用或参考了什么书，我便以此为线索，马上去把那些书买来，生怕忘记，但我却没有时间去读。卢克·莱恩哈特①的《骰子人生》就是这样，埃玛纽艾尔·卡雷尔在2015年秋季号的《二十一世纪》杂志发表了以此为题材的报告文学，文章后来又被收入他新出的集子《有地方去更好》。读了以后很难不想对这个人和那部如此奇特的小说了解得更多。

每年夏天在父母的乡村别墅中度过的那几天对我来说也是一个艰难的抉择。三楼，就在我的房间旁边，是父亲的书房。我推开

---

① 卢克·莱恩哈特（1932—　），原名乔治·科克罗夫特，美国作家。他的《骰子人生》，在文学史上创造了奇迹，小说中的"骰子"和"掷骰哲学"成了被其他艺术表现形式（如戏剧、摇滚歌词）反复提及的符号，也成了现代西方文化的重要典故之一。

1955年，玛丽莲·梦露在长岛的沙滩上阅读詹姆斯·乔伊斯的作品（伊夫·阿诺尔德 摄）

门，看见了什么？靠墙的那张小床上安安静静地放着二十多本书，准确来说，三十来本、四十来本秋季即将出版的书。它们在嘲笑我，这显而易见。我想放下一切，向它们发起进攻，先于众人读到索姬·夏兰东、卡特琳娜·屈塞、卡琳娜·蒂伊等人的最新作品。哦，不，这是真的吗？还有埃玛纽艾尔·卡雷尔刚刚出版的小说。

不过，别动它们！我觉得，尤其是父亲成了龚古尔奖的评委之后，这些书就具有了不同的身份，其中的某一本很可能会在未来的11月份有幸被选中。我不能在他之前就阅读。如果我拿走了他接下来要读的书，那会怎么样？如果我把它弄丢了呢，弄坏了呢？不过，父亲倒无所谓，只要我向他借书他就借我。

但我控制住了自己。等它们一出版，我就到书店去买。这种期待，甜蜜的失落——由于我现在就已经真切地看到了它们——大大增加了我的乐趣。

假期中有时会有美好的意外。去年秋天，我第一次去日本。在京都我租住的公寓里，书架上放着角田光代①《第八日的蝉》，我从来没有听说过，可为什么不读一读呢？这不是一个应该抓住的好机会吗？于是我中断了我正在读的书，沉浸在童年时受到性侵的那个受伤女性在日本的逃亡之旅。很有收获：这是我去年最美的发现。我太喜欢这本书了，以至于一回法国，就买了这位了不起的日本作家的前一本小说《树屋》。这个书名让人产生了想重新去度假的愿望。

———————————

① 角田光代（1967—　），日本小说家、翻译家，三度入围芥川奖和直木奖，与吉本芭娜娜、江国香织并称当今日本文坛三大重要女作家。

第十五章

阅读，让人想写作？

《书中书》（乔纳森·沃尔斯藤豪姆 作，2003年）

※

15岁的时候，我想当一个新的阿尔弗雷德·德·缪塞①。

18岁的时候，我想当大仲马或雅克·普雷维尔②。非此不可。

21岁的时候，我发现了安托万·布隆丹③那种快乐的忧郁和诙谐的忧伤。我发誓，我要永远像他那样写作，带着做作的洒脱、放荡不羁的高雅。可怜的我！但我今天依然如此，读了几页《上帝的孩子》或《流浪习气》，便乐滋滋地荒唐地想模仿他的写作。

对于吉尔·拉普热的小说、散文和其他文章，我的反应也同样。啊，要是我能拥有他那种博学的口才，能用词准确而迷人地讲述旅行、战争、生活和书籍，那该多好！

我觉得马尔罗、格拉克、阿拉贡、尤瑟纳尔、布勒东、莫里亚克、儒昂多高不可攀，但布隆丹和拉普热是能达到的。这是幻想。我错估了自己与他们之间的距离，我在阅读他们的作品时深感愉快，便误以为他们的写法很容易，这使我灵感大发。但我很快就走开做我自己的小事去了，暗自寻思，借鉴那种风格是否并不比跟人偷猎或点路灯④容易？

①阿尔弗雷德·德·缪塞（1810—1857），19世纪法国浪漫主义诗人、小说家、剧作家，法兰西学院院士，主要作品有"四夜组诗"，长诗《罗拉》和诗剧《酒杯与嘴唇》等。
②雅克·普雷维尔（1900—1977），法国诗人，以歌词著称。
③安托万·布隆丹（1922—1991），法国作家，作品有《上帝的孩子》和《流浪习气》等。
④法国旧时的路灯使用煤气，需由专门的人点燃。

确实，阅读常常使人产生写作的欲望，引起不谦虚的反应，因为人们会以为自己也能传播阅读的快乐和益处，并且在将来推荐给其他读者。这种反应符合逻辑，也让人高兴，是对一个刚被人阅读的作者的最大赞赏。这种钦佩每年都让成千上万的年轻人在自己的电脑前坐下来。

奇怪的是，经典作家的伟大和全球当代作家的无数创作似乎并没有影响人们的志向；书店和图书馆里堆积成山、让人眼花缭乱的书也没有打消人们添砖加瓦的欲望。人们仍然相信，还有许多东西没有写出来，这将由他们来完成，他们将以自己独特的方式努力把它们表现出来。

阅读让那些因阅读而心里痒痒想写作的人变得不恭敬，变得幼稚、野心勃勃，甚至有点儿疯狂。

但J.K.罗琳和吉约姆·米索的模仿者不是比艾里·德鲁卡①或帕斯卡尔·吉内的更多吗？

---

① 艾里·德鲁卡（1950—　），意大利作家、诗人、翻译家。

※

喜欢读书的人都知道，有的事情，书面表达比口述效果更好。他们都是跟随雨果、斯丹达尔、缪塞、阿贝尔·科恩一起长大的，不过他们也知道自己根本无法望其项背，但还是很想用纸和笔来告诉别人自己的所思所想。

比如，我就想起了我读的第一批情书，希望能大声说出这样的话："我想让全世界都知道你是多么惊人、难以想象、不可思议的漂亮。闪电般出现在世人面前，然后独自跟我藏起来，让我永远看着你。"①但到了16岁，人们往往会感到失望……

喜欢书的人容易动情。大段的独白会打动他们，一个字也会使他们激动，淡淡的忧伤会淹没他们，幸福的结局会使他们欣喜若狂。他们深信，白纸黑字，能更好地表达自己的感情，诉说自己的爱情、愤怒和友谊。也许他们当中有人已经不会口头表达了，他们要避免失真、颤抖的声音，绊倒自己的词汇，紧张不安的双手，颤抖的大腿，夺眶而出的眼泪。面对纸张和电脑，我们想试多少遍就可以试多少遍，擦掉写得不好的句子，慢慢地寻找更加恰当的词语，画掉重复的内容，直到对自己的工作感到完全满意。是的，我相信，阅读会让人产生写作的欲望。

---

① 引自勒内·巴雅韦的《时间之夜》。

阅读也能让人以不同的方式说出同一件事，这种方式可能更加激动人心，因为我们面前没有别人，只有我们自己在定调子，跟我们对话的人现在还无权开口。现在，我们还是自己唯一的判官。大家都知道，当我们把信封塞进邮箱或点击电子邮件的"发送"按钮的一刹那，我们的心会跳得更快。

阅读能使人产生写作的愿望……写书？写文学书和其他艺术的书。我们敬佩先人，梦想能写得跟他们一样好，能有他们那样的叙述才能。还有这细节和对话，真是天才……

面对这种让人惊叹的东西，我们会感到自己很渺小，那座山，写作的高山，我们永远爬不上去。我们甚至连想都不敢想，这样也就坦然了。

或者，恰恰相反，我们会这样问自己："为什么我就不行？"于是我们开始写书。我们瞄准了山峰或仅仅是第一个台阶。我们滑倒了，弄伤了自己，回到了起点，一切都得重来。这座山太难攀爬了，我们永远上不去的，我们高唱凯歌！

我的情况非常特别。你们想象一下：在我长大的家中，到处都是书，而且随着时间的推移越来越多。除了星期天，每天都有很多人按门铃送新书来。父亲的手里永远都拿着一本书，包括星期天。星期五晚上是《文化杂谈》节目，第二天我们会进行讨论，电话铃响了，父亲去接电话，是昨晚看过节目的朋友打来的，或者是记者的采访，然后……他一分钟都不浪费，继续看他的书。

吉尔·拉普热，1977年为《巴黎竞赛画报》所拍摄

　　哪怕出门，也无法摆脱书。不管我在什么地方，人们都会跟我谈起我父亲和他的《文化杂谈》，谈谈某某作家多亏了他才被挖掘出来。他们这样问我："你呢，你看那么多书，这是遗传的，你相信吗？"不，我不相信。另一个问题，问的人可能更多："你父亲不会整本书都看吧？肯定是一目十行。"当然不是。

　　我想，我喜欢看书，这是一件幸事，否则我会犯谋杀罪，会讨厌作家及其作品，因为他们从我这儿夺走了我父亲；过多的书把我团团围住，让我成了受害者。幸亏事实恰恰相反。

　　对我来说，作家已成为一块特别的土地，是一些具有神秘光环的人，他们从事着世界上最美好的职业。

　　那座山（对我来说是神圣的），我就生活在它的脚下。我想爬上去，哪怕只能到达它的第一个台阶。但在爬山的过程中，我什么都没想。直到那天，入了门，别问我是怎么入门的。写作成了一件迫切的事。我爬上了一小截山，我高兴坏了。它花了我50年时间。

第十六章

书籍的整理

在乔治·杜梅齐尔家里，书已经取得了胜利（伍尔夫·安德森 摄，1984年）

※

在乔治·杜梅齐尔家里，书已经取得了胜利。这位著名的语言学家，晚年把全部的时间都献给了工作，放弃了书籍的整理和分类，于是，书就毫不客气地侵占了他的公寓，成沓堆积在走廊里，堆放或散乱在他的书房或客厅里。他无法在巨大的混乱中找到自己所需的书，最好还是请国家图书馆的人来整理。

所以，不要让自己的生存空间被书给挤满。要整理、分类，对于做节目或写文章急于查阅的书要尽快动手。

一开始，我就选择按字母顺序排列，这样最简单，也最清楚。从审美的角度来看，没有按出版社来排列好看，这我同意。塞西尔是根据出版社来排列的：南方行动出版社、伽利玛出版社、奥利维埃出版社、子夜出版社……这些书在墙上成了非常漂亮养眼的装饰，看起来十分舒服。但很少有作家会把自己的书全放在一家出版社出，哪怕是勒克莱齐奥和莫迪亚诺也有两三本书不是在伽利玛出版社出的。按字母排列的好处，在于同一个作家的书全都能放在一起。

但任何事情都不可能没有缺点、例外或妥协。这样排列只对综合性文学（小说、传记、自传、回忆录、历史，等等）管用。诗歌单独摆放，剧本也是，尽管贝凯特和雅斯米娜·雷扎的所有作品都按字母顺序排放。有些小小的壁龛用来放置关于巴黎、里昂、音乐、新闻、电视、体育等方面的书，还有一个大壁龛用来置放各种词典和关于语言的著作。"七星文库"当然有一面专门的墙。

我刚开始当记者的时候，书留得太多了，所有的新小说家我觉得都有未来。时间冷却了我的乐观主义，我冒着弄错的危险，学会了勾销和选择，打赌这个作者比那个作者有出息。时间会证明我的直觉是对的还是错的。为了给新书腾位置，必须甩掉那些不能坚持到胜利的旧书。时间是无情的。

我还记得我撤下了德鲁翁·莫里斯的新著，换上了玛格丽特·杜拉斯的一本书；拿掉了拉努克斯·阿尔芒和勒坎特雷克·夏尔的书，把位置给了吉尔·拉普热和让-马里·勒克莱齐奥。但我不随大流，留下了出版商罗斯费尔德·埃里克的回忆录《顽固得像头驴》，我很喜欢他的反习俗主义。

在我喜欢的书（这类书最多）旁边，也有一些是朋友写的书，我也许不全都喜欢，有的我不太欣赏，但那是文坛的资料，比如阿兰·罗伯-格里耶的小说。

不管丰收歉收，我每年都会在书房里增加四十来本书。这些书我都很喜欢，大部分编了号。还有几本是评论家们觉得好，将来有一天我也许会读。最后，是记者查阅资料所必不可少的参考书。

书房不仅是一幅自画像，也是一部别人写的自传。

"1985年，我在尼埃尔路的书房里。"——贝尔纳·皮沃（罗贝尔·达索摄）

汤姆・戈尔德创作的插图

※

　　我很幸运，家里有地方放书，尽管我像所有的爱书人一样，总是想要更多的书。我的书架是定做的，安在客厅的一面墙上，呈长条形，间插着高高的壁龛，用来放艺术类图书最理想了。这种不同的空间可以让我们有多种组合，但我是个从来不满足的人，不断地把书从这个架子搬到那个架子。我喜欢玩空与满、横与竖的游戏。有的书躺下来才显出真美，而有的书要立起来才好看。

　　我不让书一本叠一本，也不让这本书遮住那本书，我的书架必须是迷人的，书是最漂亮的装饰品，具有多种美学可能，它们是有灵魂的。在我家里，每本书的地位都平等，不管它是口袋书还是"七星文库"中的豪华精装本。我的书架讲共产主义精神。

　　我是按出版社来排列图书的，我可以毫不费力地记住哪个作者是在哪家出版社出的书，也许是我在视觉方面具有良好的记忆，我能轻而易举地把切口、封面字体的风格、徽标，等等印在脑海里。我追求整体视觉，它只有在这种光亮中才做得到。有的朋友觉得很奇怪，甚至认为不符合逻辑，希望我按字母顺序排列。也许他们是对的。

　　如果一个作家换了出版社出书，我会感到很生气。这不是明显在制造混乱、破坏在这之前本来就很脆弱的和谐吗？同样，如果出版社更换封面字体，我也会很失望。比如，奥利维埃出版社的书切口上没有了它著名的、永不过时的图案——那棵已成象征的橄榄树诞生于1991年，出自五角设计联盟①图书设计工作室的约翰·麦康奈尔之手。

这种古怪的排列也有例外：词典全都放在一起；所有的电影画册、摄影集和美术图书也如此。

当然，完美的排列是不存在的。人各有所爱，一切皆有可能。书架最能反映我们的性格：通过它上面所放的书，通过我们摆放图书的方式……只需几秒钟，它就会泄露我们的秘密，不管是好是坏。

我替《文学之家》杂志采访时，曾问有的作家："你们的书架上是怎么放书的？"卡琳娜·蒂伊是按种类和国别，帕特里克·拉佩尔是按世纪和字母顺序，阿丽丝·费尔内是按种类和作家的名字，约塞·阿瓦莱是按题材，大卫·冯金诺斯是按出版社，洛朗·莫维尼埃是按作者的姓氏。至于玛丽丝·德·克朗加尔，她干脆就不分类，这样也没有糟到哪里去。

我的建议：如果是夫妻俩，图书的安放可能会成为吵架的导火索。最聪明的办法是其中一方认输，接受对方的意见。否则，只能分用书房，这也不见得有什么不妥。两个人都想读的书怎么办？我建议轮流，一人读一个月。

---

① 五角设计联盟（Pentagram），世界上最负盛名的设计公司之一，1972 年成立于英国，由五个独立的设计师组成。

第十七章

送书

"要是你知道现在人们都对龚古尔奖说些什么，你会笑坏的！……"（桑贝）

※

书是一种给双方增添光彩的礼物，送书能让送书人和被送人的价值能得到提升。这是一场邀游，请对方进入一个知识的海洋，品尝他已经品尝过的乐趣，出于爱或是友谊，他也想让对方饱饱眼福。这也是一场智力赌博，比送花或送酒要危险。弗朗索瓦·密特朗送给他想诱惑的年轻女子安娜·潘若的第一个礼物，就是一本书，那是他拥有的一本苏格拉底的作品。他委托苏格拉底对她说，他十分尊敬她。

矛盾的是，我送给来客的书比送给我去拜访的主人的书要多。我家里的书总是一摞一摞的，只要挑选就可以了，我提供袋子，让他们把书当作战利品拿走。有时，成堆的书会倒下来。我做《文化杂谈》节目期间，书轰然倒下时发出巨响，让在楼下给病人看病的医生不得不安慰病人，幽默地向他们解释声响的来源。

我会有目标地做些挑选，尤其是送给我的家乡甘西埃昂博若莱图书馆的书。50多年来，我每年6月和12月都会给他们送书。以前是我亲自去送，现在是村长或者是哪个村民提着袋子来拿书，装满后带走。

我做节目的那些年，书来得太多了，我可以把我不要的书进行个性化赠送。德国文学书送给我妹妹，她是德语教师；哲学和心理学方面的图书送给我表弟，他是心理医生；垂钓和狩猎方面的书送给保尔，他是我童年的伙伴，钓鱼和狩猎高手；洞穴学方面的书送给喜欢洞穴探险的邮递员；神秘学方面的书送给女门房，她也许能成功地跟远在彼世的人交谈；等等。在我的书房或公寓的走廊里，还有一小堆一小堆的书在等待自己的归宿。当亲友们发现我为他们留在一边的宝贝时，幸福洋溢在他们脸上。看到此情此景，浪费多少时间都值得。

我有时也会把书借给别人，但往往都拿不回来。于是我决定要么就干脆送人，要么就留下。或者，如果真的要送人，就另外再买一本，我自己读过的那本一定要留下。

每年两次，女教育工作者或志愿者会送些东西去监狱，她们会到我这里来，从摞成堆的书中拿走几百本，以丰富监狱的图书馆，尤其是南泰尔图书馆。我这里什么书都有，有侦探小说，政治著作，法国和其他国家的小说、袖珍本图书和传记；有一文不值的书，也有很精美的书。

送书吧！它打开时像一盒巧克力，合上时像一盒首饰。

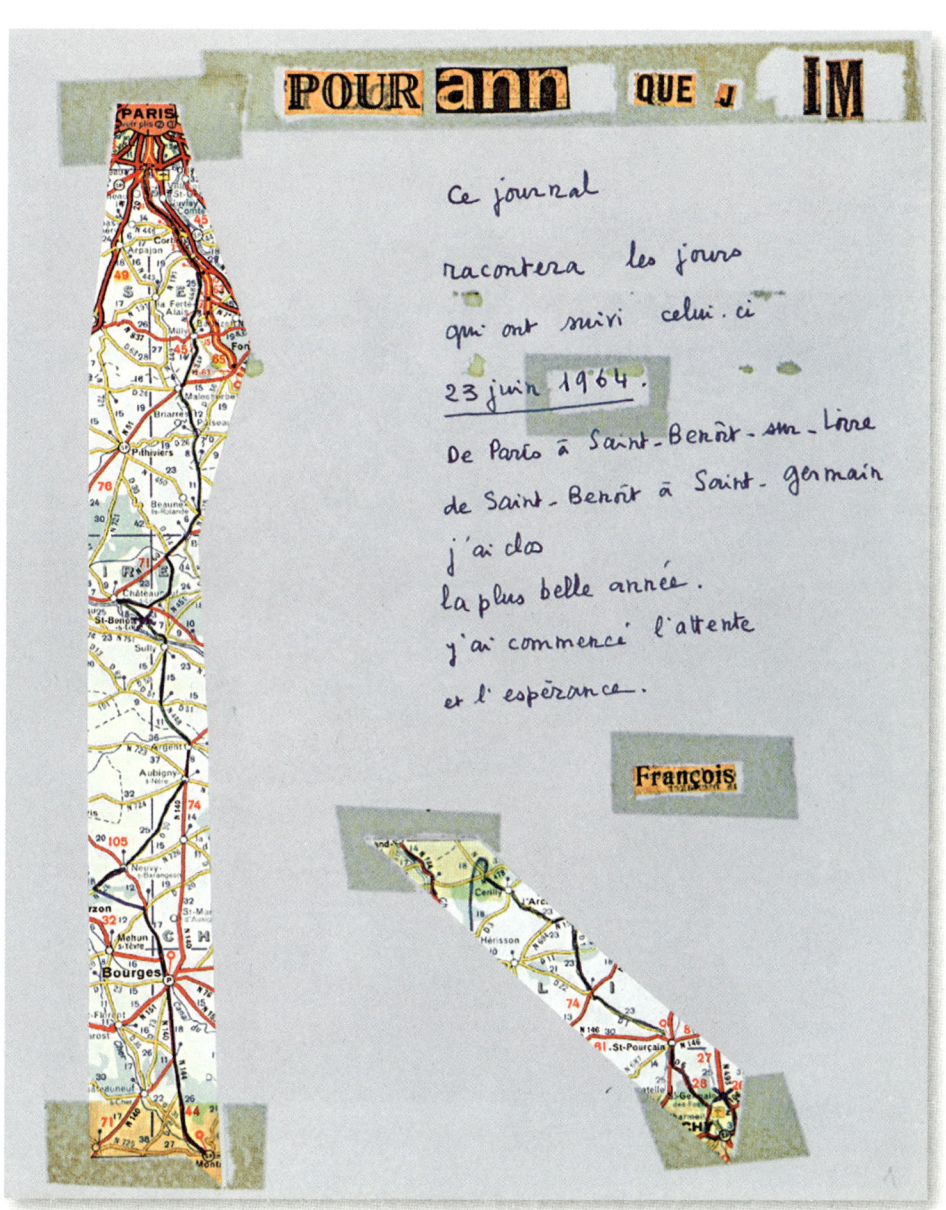

POUR ann QUE J IM

Ce journal
racontera les jours
qui ont suivi celui-ci
23 juin 1964.
De Paris à Saint-Benoît-sur-Loire
de Saint-Benoît à Saint-germain
j'ai dos
la plus belle année.
y'ai commencé l'attente
et l'espérance.

François

弗朗索瓦·密特朗《给安娜的日记》第一页。这是献给安娜·潘若的用彩色字母和插图装饰的贴纸集

雅尼娜·尼埃普斯1952年的这幅摄影作品让他父亲和儿子变得永恒了，那是《丁丁历险记》的两个发烧友

※

我常常和我的女友卡西娅到饭店用餐，她是我认识的最慷慨的人之一，吃饭从来不让我买单，我最多只能在每次见面时送她一本书。在决定送什么书之前，我会在书店里溜达一阵子，目的是弄清一个问题，尽量不要搞错：在这么多书中，她最喜欢哪本？

我知道她喜欢什么，知道什么东西会让她感动、激动、生气，让她笑，让她伤心。有的书别无选择，我喜欢，而且我肯定她也会喜欢。让－保尔·杜布瓦①的《遗产继承》就是这样。

但有时我会犹豫不决，不知道该选哪本。那时，我会想起我们围绕着阅读所展开的谈话；想起她跟我谈起高兹《致 D》②或是扬察尔《今晚，我见到了她》时的激动心情。我会想到她生活中最近发生的事，不管是大是小，从中找到灵感。我完全可以找到一本自己不那么喜欢甚至没有读过但她一定会喜欢的书。

几年来，我姑姑总会在圣诞节送书给我。我也送她书。她从来不会弄错，而我却老做蠢事。2016年9月的文学回归季，我在雅

---

① 让－保尔·杜布瓦（1950—   ），法国作家，《新观察家》杂志记者，出版过多部小说（《另有所思》《假如这本书能使我靠近你》）和游记（《美国令我担心》）。作品《肯尼迪和我》被搬上荧屏，并获得法国电视奖。《一个法国人的一生》2004 年获得费米娜文学奖。《遗产继承》出版于 2016 年。
② 安德烈·高兹（1924—2007），法国左翼思想家、萨特的学生、《新观察家》周刊创始人，2007 年和妻子在巴黎郊区家中双双自杀身亡，此前，其妻一直病缠身。《致 D》记述了他与妻子 58 年的情感历程。

斯米纳·雷扎的《巴比伦》、塞尔日·容库尔的《在我身上休息》和洛朗·莫维尼埃的《继续》之间犹豫了很长时间。我不知道选哪本，最后决定选《继续》。唉，这三本书中，恰好这本她已经读过……还有一次，我在书堆里把两张标签颠倒了，给了她一本她已经有了的小说，她却在苦等她觉得会得到的那本：纳塔丽·阿祖莱的《蒂图不爱贝莱尼丝》。

在我看来，选择一本书，是我们对别人的友谊和爱的最好证明之一。它在两个人之间拉了一条导线，可以传输回忆和感情，将来也可就这个主题进行交流："告诉我你对这事是怎么看的。"

这根我看不见头也见不到尾的线，我希望它也能在读者之间拉起来。由于姑姑，我阅读了克莱尔·吉根①的《收养》和阿历克西·热尼②的《等你之中》——我一直打算把这本书送给卡西娅，她很看重有法语才能的作家，喜欢绘画和爱情小说。她会喜欢的。

我的建议：想送礼物时，我们总是倾向于自己所喜欢的东西。但朋友的爱好有时和我们大相径庭，在书方面也如此。您只看传记，而您的朋友也许只读诗歌？您已经试过很多遍，想让他喜欢您所喜欢的类型，但这肯定行不通。这不是他的菜，那就尊重他的口味。只要去咨询一下书店的店员……

---

① 克莱尔·吉根（1968— ），爱尔兰短篇小说作家，作品《南极》获得鲁尼爱尔兰文学奖以及《洛杉矶时报》年度图书奖，《走在蓝色的田野上》同样深受英语文坛好评，美国作家理查德·福特把它选为他个人的年度好书，并把由他担任评委的戴维·伯恩爱尔兰写作奖颁发给了她的中篇小说《收养》。
② 阿历克西·热尼（1963— ），法国作家，中学生物老师，在咖啡馆用业余时间写作，20年笔耕不辍，屡遭退稿，终于在48岁时以《法兰西兵法》获龚古尔奖。《等你之中》是他2016年的作品。

第十八章

扔书

恬不知耻，毫无同情心，也不内疚（《夜行客》插图，迈尔斯·海曼 作）

※

我在阅读的过程中扔下了多少本书啊！看了二三十页之后。因为觉得书写得太蹩脚或自负得让人难以忍受；因为，不管是对是错，我觉得思路有问题，不够有趣或废话连篇，小说的主要人物无论做事还是说话都让人厌烦。

有时也跟心情有关。不该在这天读这本书。明天它就会有好运吗？也许。我有时会读以前扔下的书，一直把它读完，但这种情况很少。交替性精神病患者不会有好朋友，也不会是好读者。

达尼埃尔·佩纳克的建议是对的："如果一本书从我们手中掉落，那就让它掉落吧！"（《宛如一部小说》）

时间是一种非常宝贵的东西，为什么要读那些让人头痛或拉稀的书来白白地浪费它呢？正因为读书是一种昂贵的活动，所以不该通过自我惩罚来贬低它。

况且，读了一两个小时乏味的书，也许会让你不想再翻开另一本书，而那本书可能激动人心。

然而，有的书尽管令人失望，我还是会读完它：其作者应邀上我的节目。礼貌要求我这样做，而且，我也需要尽量地了解它，以丰富我的问题。在这种情况下，我一节都不会跳过，一页都不会落下，甚至还会在书页下方做笔记，有时还能找到一个显然相关或从属的话题和问题，而作者正想避而不谈。

当然，我请求节目组邀请我喜欢其新作的作家，但有时也会碰到令人厌烦的工作，比如与非常著名的作者对谈。为了满足公众的好奇心，我不得不邀请他们——他们曾用离题万里的问题和批评挖苦来烦我，对我来说，对此进行报复该是多么痛快！而有的作者，我第一遍匆匆阅读了他的部分章节以决定写入邀请名单时，感觉还挺好，但第二遍从头到尾认真阅读之后，感觉却不是这样。

给《星期日报》写专栏文章时，我没有遇到此类困难，我只介绍我觉得值得推荐给读者的书。如果我不满意，我就不谈。

对某些人来说，书是神圣的东西。扔掉它？这是不可想象的，哪怕其平庸甚至低劣得配得上这种惩罚。把它扔在公园的长凳或地铁的椅子上，让有幸得到此书的读者来享用？但这也有可能让它落在不配读它的人手中。不过，一场幸运的相遇就跟一夜情一样真实。

在幕间休息时能毫不犹豫地逃离一场演出或音乐会的人，永远不会抛弃一本没有读完的书。写出来的东西强迫他们这样。绝对尊重。

也许他们急于结束令人厌烦的夫妻生活，却有耐心捧着令人厌烦的书把内心的交流持续到最后。

※

我无法停下读了一半的书。然而，有的书真应该及时刹车。读了个开头我就感到厌烦了，有的词语看不懂，每个句子都要读上三遍，我走神了，打哈欠了，闭上眼睛，什么都不再相信。但愿来场雪崩，把这些平庸的主人公统统埋了；来一场海啸，把他们全吞了。是的，结束吧！这一切都取决于我，而且非常简单，只须合上书，然后把它放到书架上或者还给别人。它将很快就会被忘却。可是，不，我做不到。

谁说不能绕过这难以置信的跳跃接着读下一页，彻底改变事情的走向，让它们变得更加吸引人呢？只须逆转形势，可我往往轻易地饶恕毛病多多的前几页。

不过，这样有可能会错过奇迹。可是，正如这个词所表明的那样，奇迹太罕见了。值得像我这样奋不顾身，等待意外的好运吗？不，高质量的作品很多，而生命又那么短暂，那就不要强求过那道坎了。

我有个朋友动不动就会把书扔下。最多看十来页，二三十页……然后果断地合上书，叹一口气，把书放在矮桌上，就这样结束了，断头台的铡刀已经落下。他把这种放弃当作是自己的一种失败，因为，他在大部分时间里都在怪自己——而不是怪作者——没能"进入"故事当中，怪自己不懂得欣赏。这本书也许很有价值呢？

我总是想劝他把书读完。他的决定会不会有点儿草率？有时，人们也会对我说这本书如何如何好，我也在什么地方读到过赞扬它的评论——我接过递过来的书，是不是再给它一个机会，完全取决于我。

我是一个不会设限的读者，而他会。在我看来，他设置的时间太短了点儿。怎么办？在彻底抛弃它之前，设一道门槛？读完三分之一？一半？我毫无概念。

有的书我真应该放弃，因为我选错了。敢去读它，我是过高估计了自己。我缺乏读懂它所必需的文化知识，我在哲学、政治和社会学方面的功底太浅……我输了。我应该投降，我感到自己太蠢了，但我还是尽力去读，因为我很生自己的气。这场阅读还是会有所收获的。是的，也许，但这值得吗？不值得。有时，最好还是收起自己的自尊心。

最后，别忘了还有一些书是别人劝我们不要看的。这种事我只遇到过一次。那时我应该是10岁或11岁吧！我坐在自己房间的地上看书。

我是从家里的什么地方翻出这本书的？在要送人的那堆书里？在父亲的房间里？书房里？我记不清了。总之，书中的故事非常吸引我。我确实可以读吗？我正在读一个男人的故事，他在跟自己的性器官说话。他对它生气了，被它吸引了，还是被女性吸引了？我想弄个清楚。然而，假如真的这样……每翻开一页，我都在是与不是之间犹豫。

父亲打断了我的阅读，问我在看什么书。他先是感到惊讶，然后劝我放弃。这不是我该读的书，他对我说，我领略不到这本书的真正价值的。我把书还给了他，一点儿都没有感到遗憾，因为说实在的，我真的看不懂。尽管如此，我还是感到很高兴，觉得解脱了。如果说，这是我人生中第一次有人反对我看某本书，那是因为我没看错：那个男人确实在跟自己的阴茎说话，不可思议！那是莫拉维亚①的《我和他》。

我的建议：阅读的权利不受时间和空间的限制，我们应为此感到骄傲。正如达尼埃尔·佩纳克在《宛如一部小说》中所说的那样，尤其是第二章《跳过几页的权利》和第三章《不把书读完的权利》。

---

① 阿尔贝托·莫拉维亚（1907—1990），意大利作家。《我和他》出版于1971年。

第十九章

重读一本书

罗蜜·施奈德在读萨缪埃尔·贝凯特的《瓦特》（吉尔·卡隆 摄，1969年）

※

自从离开电视台之后，我摩拳擦掌：终于有时间重读一些书了。普鲁斯特、大仲马、卡达莱①、三岛由纪夫、吉奥诺、杰克·伦敦、拉福格、库里埃②、西默农、儒勒·罗曼（《伙伴们》）、维亚拉特③，等等。也读一些在此之前被忽略的作家，往往是因为没有时间或是缺乏好奇心，如托克维尔、修昔底德④、布尔加科夫⑤、勒内·多马尔⑥、查特顿⑦、拉图尔迪潘、村上春树等。终于可以仅仅为了快乐而阅读了？

可是，《星期日报》很快就建议我每周替他们写一篇文学专栏文章。哪个头脑正常的记者会拒绝呢？

后来，我又在众人之中被选进了龚古尔学院，于是，不得不读像夏天的蝗虫那么多的法国小说。别忘了，除了11月初颁发的历史

---

① 伊斯梅尔·卡达莱（1936— ），阿尔巴尼亚作家，主要作品有《亡军的将领》《破碎的四月》《梦幻宫殿》等，曾获得首届布克国际文学奖，诺贝尔文学奖热门人选。

② 保尔－路易·库里埃·德梅雷（1772—1825），法国政论作者。

③ 亚历山大·维亚拉特（1901—1971），法国作家、评论家、翻译家。

④ 修昔底德（约公元前460—约公元前400），古希腊历史学家、文学家和雅典十将军之一，其作品《伯罗奔尼撒战争史》在西方史学史上占有重要地位。

⑤ 米哈伊尔·布尔加科夫（1891—1940）， 世界公认的20世纪俄罗斯文学大师，在一定程度上被认为是魔幻现实主义的鼻祖。

⑥ 勒内·多马尔（1908—1944），法国诗人、评论家、剧作家。

⑦ 托马斯·查特顿 （1752—1770）， 英国诗人，主要诗篇有《布里斯托尔悲剧》（又名《查尔斯·波丁爵士之死》，1772）、《一首极好的慈善歌谣》(1777)等。

如果下雨，出去有伞，留下有"七星文库"（亚历山大·伊萨尔 摄）

悠久、众所周知的龚古尔奖之外，还有名声不那么大的龚古尔中篇小说奖和龚古尔传记文学奖。这些工作责任重大、让人愉快而又行之有效，当然也不能拒绝。

总之，我又像在《文化杂谈》《读书》《文化高汤》工作时那样，与出版界难分难解了。我会后悔又没有时间重读或发现过去的作家吗？当然不会，因为新书对文学记者来说永远都有一种神秘感，刺激着他，让他永远保持好奇。去看看藏在新封面后面的文字，那是多么激动人心……

尽管如此，在空闲的时间里，我还是会拿起自己喜爱的书：莫迪亚诺初期的某部作品，博须埃①的诔词，阿尔封斯·阿莱的故事、罗曼·加里的作品、克里斯蒂娜·德里瓦尔②的作品，雨果的《随见录》，波德莱尔或卡瓦菲的诗歌，罗歇·瓦扬和科莱特的作品……

我从画过线的段落或和标在书页边的符号、象声词（？！哦！啊？不！是的！）或者是简短的评语中已经认不出20年前、30年前、40年前，甚至50年前的那个读者了。我有时还弄不懂为什么这页文字或这个句子会引起我那样的反应，而那种反应现在也已弄不清楚了。

但当我用很久以前的目光来代替现在这个老读者的目光，当我赞赏、惊讶、激动、拒绝或欢笑时，我会同时感到精神的满足和十分强烈的喜悦，好像重新阅读一本书具有让人返老还童的魔力。

---

① 雅克－贝尼涅·博须埃（1627-1704），法国主教、神学家，以讲道及演说闻名，被认为是法国史上最伟大的演说家之一。他的诔词也非常有名，所以一些王室显贵的悼词也请他来撰写，如《昂利艾特·德·法兰西的诔词》《安娜·德·贡扎格的诔词》。
② 克里斯蒂娜·德里瓦尔（1921－ ），法国女作家，曾获联合文学奖，现为美第奇文学奖评委。

※

　　生命的创造有问题。我们需要两个生命，第二个生命将用来重读我们曾喜欢的书，或那些不知道如何吸引我们的书。这样，我们才能履行诺言。我们答应过他们当中的那么多人，过一段时间会回去看望他们；这样，我们才能消除悔恨，我们错过了不少好书，我们看这些书的时候太年轻、太快。我们糟蹋了它们，或者是它们战胜了我们。我们觉得它们难以理解或者太闷，其实那是一些深奥博学的著作，是伟大的经典，我们现在才知道。人们曾一再告诉我们，但我们没有取下来阅读。他也许是我们的朋友们喜欢的一个当代作家，其作品博得一片赞扬，获得许多大奖，但没有办法，我们就是读不下去。这很让人生气，让人扫兴。我们觉得自己很笨，但并没有把话说死，而是想在几个月或几年后试着重新阅读。

　　岁月流逝，生命苦短，小年轻一心想取代旧作家。他们精力充沛、充满魅力，在书店、电台、报纸和电视上向我们眨眼……我们无法抵制他们；我们答应过要重读旧作家的作品，但让人一等再等，真的很遗憾。

　　不过，我最近对三部旧作做了行之有效的弥补：《了不起的盖茨比》《夜色温柔》①和《岁月的泡沫》。我年轻的时候就发现了

———————————
① 这两部作品均为美国小说家 F.S. 菲茨杰拉德（1896—1940）的作品。菲茨杰拉德是 20 世纪 20 年代"爵士时代"的发言人和"迷惘的一代"的代表作家之一。

他们，但一点儿都不喜欢他们的作品。面对他们，我就像《夜色温柔》中的阿贝·诺斯，"我烦，一切都让我感到厌烦……"那时，我对菲茨杰拉德感性而浪漫的文笔毫无感觉，对鲍里斯·维昂①怪异、梦幻般的风格也无动于衷。25年后，重读他们的作品，我看他们的目光不一样了。我喜欢他们的浪漫主义和黑色幽默，惊讶自己以前竟然与之擦肩而过却没有被吸引。

以下的这三个作家的书我经常阅读：简·奥斯汀②、埃马纽艾尔·卡雷尔、保罗·奥斯特③。他们之间没有任何共同之处，读他们，仅仅是我——一个单纯的城市女子的兴趣：与奥斯汀分享爱情的伤悲和习俗的沉重；让卡雷尔带我进入昨日与今日的俄罗斯或走向《新约》之路；跟奥斯特笔下孤独的人物走在纽约的大街上。我重读他们也因为希望他们重新露面——简·奥斯汀当然希望不大了。他们让人渴望，我怀念他们，我担心，我盼望，他们的下一部作品什么时候诞生？读者可能会非常专制，非常自私。

我的建议：一本书，如果你不喜欢，强迫毫无用处。无论如何，你都欣赏不了它的真正价值。最好还是放弃它，在不久的将来或很久以后再回来读它。

---

① 鲍里斯·维昂（1920—1959），法国小说家、剧作家、诗人，《岁月的泡沫》是他的代表作。
② 简·奥斯汀（1775—1817），英国女小说家，主要作品有《傲慢与偏见》《理智与情感》等。
③ 保罗·奥斯特（1947— ），美国当代最勇于创新的小说家之一，主要作品有《纽约三部曲》《布鲁克林的荒唐事》《幻影书》《月宫》《巨兽》等，2017年凭借小说《4321》入围英国布克奖短名单。

第二十章

激发孩子的阅读兴趣

—— 塞西尔·皮沃

未来的大读者（菲利普·让德罗 摄）

※

答案很明确，不是吗？当他们还没有到读书的年龄，您就得培养他们的阅读兴趣，晚上睡觉前抽时间给他们讲故事，让他们产生好奇心，答应他们第二天接着讲；然后，一旦他们学会了阅读，便给他们提供他们所喜欢的书。

他们喜欢恐龙、海盗、龙、巫婆、宇航员、童话、诗歌？在法国，这些都不缺，甚至还很多。您很幸运：一方面，阅读跟钱多钱少无关；另一个方面，您可以去书店，也可以去图书馆、某些协会，甚至买二手书，尤其是换季清仓的时候，法国到处都是书。

现在，您到了这一步：您的孩子有点儿喜欢看书了（您满意了），喜欢看书（您很满意）或非常喜欢看书（您极其满意）。总之，您做了家长该做的事。不过，请相信，我的经验是有用的：不管您的满意程度如何，好好利用它，因为最坏的时候要来了。来了两个您想不到的可怕敌人：青春期和手机。

处于青春期的孩子也许跟您不大好相处，但他们会继续阅读。别担心，他们肯定会用右手砰的一声把您关在房间外面，左手仍然拿着书。

也许他们会漫不经心、和和气气地度过青春期，但完全不看书了。粉刺代替了阅读，您在交换中是占不到便宜的。他们会对别的东西感兴趣，生活在别处，那时就很难再让他们相信阅读的乐趣了。客客气气地坚持让他们看书：总有些时候会行得通的。

也有可能您的孩子让人难以忍受，他们不再读书。您很可能会看到这种现象：他们看着你们，也就是他们的父母在埋头读书，自己却仰着脸，不满地低声抱怨。在这种情况下，我看只有一种办法，那就是不客气地坚持要他们看书。

书有一个比青春危机更可怕的敌人：手机。您的孩子一旦掌握了这玩意儿（24小时），假如您对他说读点儿书对他有好处，他会这样回答您："以后吧！你看，我没有时间。"而这却是真的。他必须回答伙伴们的短信，发照片（你别去看，至少要避免这样做），在脸书上发表意见，支持朋友们的评论，在网上看最新的滑稽视频，然后把上述视频发送给……他们像部长一样忙。您能花那么多时间看一本书（《追忆似水年华》就算了吧……），这是因为，正如他们通常所说的那样，您真的"太厉害了"，他们做不到。

不过，请原谅，我忘了第三个敌人：某类家长。我们可以从他们的孩子身上认出他们。这些孩子不久前才学会走路，还没有很好地掌握语言，但已经能把玩父母的手机了，熟练得不可思议。我在地铁和饭店里都能看到这类孩子，他们越来越多，年纪越来越小。当然，他们的父母倒是安静了，让孩子玩手机比让孩子看书省心多了。让孩子看书，他们还得跟孩子解释单词的意思，回答问题，讲故事，一个故事通常要讲十多遍。然而，这却是值得的，最初的阅读有两个重要作用：这是进入我们这个世界的一个神奇美好的大门，它能在父母和孩子之间建立起一种独一无二的联系。

我的建议：别生孩子。

第二十一章

当众朗读

—— 贝尔纳·皮沃

最后是动词……

186

※

我在里昂的圣路易寄宿学校上学时，同学们在宽敞凄凉的食堂里吃饭，我曾给他们念小说。当圆点剧场的经理让－米歇尔·里普建议我在让－塔迪厄大厅登台朗读时，我想起了过去的那一幕。读什么？读我收集在一起用来讲故事的书籍片段，讲我的故事："一个挠头者的回忆。"

我很快就尝到了甜头，因为这跟我在电视台的工作相反，或者说，这一新的工作岗位给我带来了我做电视直播28年来都没有得到的满足。当电视放片尾字幕时，我们并不知道电视观众对节目是满意还是失望。没有后续，没有结果。沉默。沮丧。而在舞台上，当你把最后一个字抛向漆黑的大厅，观众就鼓起掌来。总有些热烈，或长或短。他们也有权吹口哨。他们的反应是即时的，不会给人以白说的感觉。

还有比喝彩更好的回报：笑声。即时的，随意的，这比摄像棚里刻意安排的鼓掌更真实——在那里，我无法及时享受让人欢笑的快乐。当然，《文化杂谈》节目摄像棚不多的观众（出版商、嘉宾的亲朋好友、几个电视观众）也会笑，但笑得很矜持，而剧场大厅里的笑声如雷鸣一般，连续不断，或是咯咯地笑，让人瞬即就能得到补偿。

总之，我与有两三百、五六百观众的大厅进行了直接的，可以说是肌肤相碰的接触，我可以看到第一排的观众，听到他们在我朗读和表演我的文章时的呼吸和反应。这种热烈的接触与伴随着电视节目的寂静不同，尽管有两三百万电视观众在观看节目。

不久之后，快乐的 Deus ex machina①（这是一种矛盾修饰法），让-米歇尔·里普建议我写一部关于语言的滑稽作品。结果出了一本《救命！词语吃了我》，那是一个一出生就被词语抓住的作家的诙谐忏悔，他遗憾自己不是世界上第一个会说话的婴儿，竟然去向上帝面陈原委，但在那里与帕特里克·莫迪亚诺混淆了，天堂之门在他面前敞开。

在表演后悔的让-保尔·巴齐科尼的时候，我的眼前一直放着台词——正如人们所知道的那样，我现在的记忆力已大不如前，在舞台上更是如此——我喊了七十来遍"救命啊！词语吃了我"，还要加上一百三十七次"挠头皮"。

最后是演出监制让-吕克·格郎德里埃雇用了我，让我在外省、比利时、瑞士和西班牙的戏剧舞台上获得了发展。多亏了他，我在圆点剧场的经验没有停留在原地。但是，尽管随着时间的流逝，我更熟练地掌握了台词和动作，我还是没有成为一个真正的演员。

那你是什么？一个好动的读者。

---

① 拉丁语，意为"解围之神"。

附 录

INDEX DES AUTEURS CITÉS （书中作家姓名索引）

德尼·佩森 作

我的书架

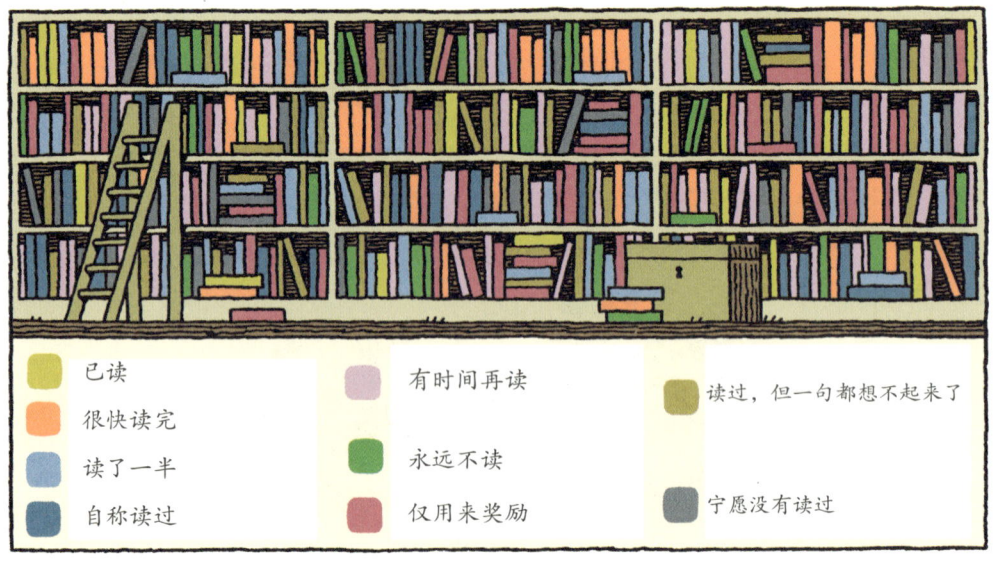

🟨 已读	🟪 有时间再读	🟫 读过，但一句都想不起来了
🟧 很快读完	🟩 永远不读	
🟦 读了一半	🟥 仅用来奖励	⬜ 宁愿没有读过
🟦 自称读过		

汤姆·戈尔德《与卡夫卡一起做饭》中的插图

作者的作品

贝尔纳·皮沃

《时髦的爱情》，小说，1959

《生活呀》，专栏文章，1966

《文学评论集》，文论，1968

《绿色足球》，1980

《读书，这一行》，1990

《警告50岁以下的主妇》，1998

《贝尔纳·皮沃的听写》，2002

《100个要抢救的单词》，2004

《恋酒事典》，2006

《100个要抢救的词组》，2008

《文字一生》，2011

《是的，但你有什么问题？》，2012

《推特是猫》，2013

《恋酒事典》（插图版），2013

《救命！词语吃了我》，2016

《记忆全凭头脑》，2017

塞西尔·皮沃

《如同以往》，2017

《心跳》，2019

让—皮埃尔·莱奥和安娜·维娅森斯基在让—吕克·戈达尔导演的影片《中国姑娘》中在阅读萨德侯爵的书

边读边行的女人

图书在版编目 (CIP) 数据

与皮沃父女左岸读书 /（法）贝尔纳·皮沃,（法）塞西尔·皮沃
著；肖林译. — 深圳：海天出版社, 2019.5
ISBN 978-7-5507-2620-8

Ⅰ. ①与… Ⅱ. ①贝… ②塞… ③肖… Ⅲ. ①读书方法 Ⅳ. ①G792

中国版本图书馆CIP数据核字(2019)第056694号

版权登记号 图字：19-2019-035号

Lire
Bernard Pivot / Cécile Pivot
© Flammarion, S.A.,2018
塞西尔感谢埃里克认真的校对和康斯坦丝锐利的目光
版式设计：伊莎贝尔·杜卡

与皮沃父女左岸读书
YU PIWO FUNÜ ZUOAN DUSHU

出 品 人　聂雄前
责任编辑　胡小跃　李 尧
责任校对　陈少扬
责任技编　梁立新
封面设计　蒙丹广告

出版发行　海天出版社
地　　址　深圳市彩田南路海天综合大厦　（518033）
网　　址　www.htph.com.cn
订购电话　0755-83460239（邮购）　83460397（批发）
设计制作　蒙丹广告0755-82027867
印　　刷　深圳市华信图文印务有限公司
开　　本　787mm×1092mm　1/16
印　　张　13
字　　数　100千
版　　次　2019年5月第1版
印　　次　2019年5月第1次
定　　价　68.00元